革命家书

青少年版

徐鲁 / 编著

图书在版编目（CIP）数据

革命家书：青少年版 / 徐鲁编著 . -- 宁波：宁波出版社 , 2024. 9. -- ISBN 978-7-5526-5433-2

Ⅰ . I266

中国国家版本馆 CIP 数据核字第 2024PC9388 号

革命家书（青少年版）

Geming Jiashu Qingshaonian Ban

徐　鲁　编著

出版发行	宁波出版社
地址邮编	宁波市甬江大道 1 号宁波书城 8 号楼　315040
策　　划	袁志坚
责任编辑	邬力久　江一常
责任校对	叶呈圆　虞姬颖
装帧设计	金字斋
印　　刷	宁波白云印刷有限公司
开　　本	710 毫米 ×1000 毫米　1/16
印　　张	18
字　　数	126 千
版　　次	2024 年 9 月第 1 版
印　　次	2024 年 9 月第 1 次印刷
标准书号	ISBN 978-7-5526-5433-2
定　　价	58.00 元

如发现缺页或倒装，影响阅读，请与出版社联系调换　电话：0574-87248279

如果我们选择了最能为人类福利而劳动的职业，那么，重担就不能把我们压倒，因为这是为大家而献身；那时我们所感到的就不是可怜的、有限的、自私的乐趣，我们的幸福将属于千百万人，我们的事业将默默地、但是永恒发挥作用地存在下去，而面对我们的骨灰，高尚的人们将洒下热泪。

—— 卡尔·马克思

写在前面的话

本书选编了 46 位老一代无产阶级革命家、新中国开国领袖和开国元勋、革命先烈的家书 60 余封，分为上、下两辑。上辑为老一代革命家、开国领袖和元勋们的家书；下辑为革命先烈的家书。两辑家书的排列次序按作者姓氏笔画排列；相同姓氏或姓氏笔画数相同的作者，以出生年月先后为序（参照中共中央文献研究室编《老一代革命家家书选》的次序方式）。

选编在这里的每一封家书，背后都有着可歌可泣的故事。有的家书写在烽火连天的岁月里；有的家书写在敌人的监牢里；有的家书是革命先烈写在就义前的绝笔和遗书；有的家书是开国领袖和开国元勋在新中国诞生之初,对亲人和晚辈的谆谆教导……从这些浸染着先辈们殷红的鲜血、滚烫的眼泪,也寄托着先辈们炽热的家国情怀的书信里,我们可以看到,为了祖国的独立、自由和解放事业,为了人民的和平、幸福和安宁,为了一个强大、美好的新中国的诞生,老一代革命家们对党的事业全力以赴的奉献,对革命理想矢志不渝的追求,对祖国的无限热爱,以及全心全意为人民服务的崇高情操。我们也看到了一代代优秀的中华儿女出生入死、取义成仁、前仆后继的英雄气概。在他们身上,也体现着中华民族千百年来坚忍不拔、奋发图强,历尽磨难却百折不挠,勇往直前、不断浴火重生的伟大精神和宝贵品质。

夏明翰烈士在就义前写给亲人们的"就义书",赵一曼烈士在开往刑场的囚车上写给儿子的"示儿书",左权将军在抗战前线写给母亲的"决心书",江竹筠烈士在监狱里写给表弟的"托孤书",吉鸿昌将军在刑场上留给妻子的"明志书"……都是用血和泪写成的:祖国不独立,人民不解放,何以家为?爱国先辈们共同的理想和信念，每一位爱国先辈的初心和本色，铸就了这矢志不渝、无怨无悔的忠贞和大爱。

热爱祖国、坚守信仰、坚贞不屈、自强不息，革命理想高于天，全心全意为人民服务……这样一些崇高的情怀和宝贵品质，闪耀在这些家书的字里行间。这是老一代革命家和革命先烈们留给我们的永恒的精神遗产，也是对今天的少年儿童进行爱国主义教育和知恩感恩教育的最生动的教材、最珍贵的励志读本。从这些真实动人的家书里，也不难品读出和感受到，我们今天正在大力倡导的社会主义核心价值观早有"基因"，未忘传统。

回顾中国共产党诞生100年、新中国成立70余年波澜壮阔的伟大征程，追寻爱国先辈们经历的血与火的岁月，我们应该以史为鉴，铭记国家和民族历史上的耻辱和悲伤，继承先辈们留下的优秀传统和崇高美德，珍惜机遇，奋发图强，去实现中华民族的伟大复兴。我们应该懂得，今天的和平、安宁和幸福的日子，是多么地来之不易！祖国的新生，人民的幸福,大地上的和平,还有孩子们的欢笑……是无数的先贤、先辈、先烈抛头颅、洒热血,用自己宝贵的生命换来的。

家书,曾经是一代代中国人传达亲情、互道平安、互致祝福的情感载体,也是家风传承、家国情怀传递的最好的方式之一。现代社会的信息传递方式变得非常多元和快捷,人们已经很少写信和邮寄家书了,也许少年朋友们对"家书"感到陌生,甚至淡漠了。但是,"忘记了过去就意味着背叛",今天,孩子们通过阅读一些旧家书,重温先辈们经历的烽火岁月,理解"烽火连三月,家书抵万金"的重要价值,勿忘我们的祖国和民族曾经有过的屈辱、艰辛和苦难,牢记我们的先辈为之奋斗,为之流血牺牲的初心、理想和信念,却是十分必要的。通过阅读这些宝贵的家书,我们还能受到流淌在其中的亘古不变的亲情、友情和人间真情的洗礼。

考虑到少年读者的阅读特点,编者在选编这本家书集时,尽量避开了目前大家容易看到、耳熟能详的选本,而寻找和选取了一些稀见的先辈家书,包括老一代无产阶级革命家在新中国诞生后写给晚辈的家书。也有少量的家书，因为篇幅过长，适当做了节录。在每一封家书之后，对写信人的生平经历、家书的背景、家书的内容特点，还有家书涉及的人物故事、良好家风等，也做了简明的注解、介绍和讲述，以便帮助少年朋友们更准确、更清晰地去阅读和理解这些珍贵的家书。

本书参照选编家书原件、图书《老一代革命家家书选》（中共中央文献研究室编）、《百年革命家书》（中共中央宣传部宣传教育局编）、《红书简》（中共中央文献研究室、中央档案馆《党的文献》杂志社编）、《革命先烈家书选》（高占祥主编）等核校。因家书作者文字水平不同，语言习惯各异，家书原文中有些语句欠规范。本书在不影响理解文意的前提下，对一般能够读通的家书原文不作改动，尽量保持家书原样。

编者

2020 年 9 月 10 日

武昌梨园

目 录

上辑　老一代革命家家书

给儿子毛岸英、毛岸青的信 …………… 毛泽东 / 003

给堂弟王柳华的信 ………………………… 王稼祥 / 009

给女儿叶楚梅的信 ………………………… 叶剑英 / 014

给养女孙维世的信 ………………………… 邓颖超 / 021

给母亲的信 ………………………………… 左　权 / 026

给女儿朱敏、儿子朱琦的信 …………… 朱　德 / 033

给父母亲的信（节选） …………………… 向警予 / 037

给女儿、儿子的信 ………………………… 任弼时 / 044

给女儿刘平平的信（节选）············刘少奇 / 053

给孙女吴本立等的信（节选）········吴玉章 / 060

给妻子陆静华的信（节选）··········张太雷 / 069

给三哥、六哥的信················陈潭秋 / 076

给大哥陈孟熙等的信（节选）········陈　毅 / 081

给女儿陈伟华的信················陈　云 / 089

给妻子邓颖超的信················周恩来 / 099

给堂嫂陈桂英的信················贺　龙 / 107

给弟媳葛季膺的信················恽代英 / 113

给儿媳徐乾、孙女徐禹强的信········徐特立 / 121

给侄女彭梅魁的信················彭德怀 / 129

给儿子董良羽、女儿董良翚的信（节选）董必武 / 138

给侄女谢谦芳、女儿谢宏等的信······谢觉哉 / 147

给妻子杨之华、女儿瞿独伊的信······瞿秋白 / 160

下辑　革命先烈家书

狱中给妹妹、弟弟的信 ………… 史砚芬 / 171

给妻子胡红霞的遗书 ………… 吉鸿昌 / 175

给叔父的信（节选） ………… 刘　华 / 179

给表弟谭竹安的信（节选） ………… 江竹筠 / 183

给母亲的遗书 ………… 朱振汉 / 189

给母亲的信（节选） ………… 冷少农 / 191

给妻子赵云霄的遗书 ………… 陈　觉 / 199

狱中给母亲与弟妹们的信 ………… 陈振先 / 203

给妻子裴韵文的信 ………… 杜永瘦 / 205

给母亲的信 ………… 李临光 / 209

狱中给友人的信 ………… 李　卡 / 212

狱中给姐姐的信（节选） ………… 汪裕先 / 216

给父母亲的信 ………… 张露萍 / 219

给哥哥的信 ………… 金方昌 / 223

给两位哥哥的遗书 ………… 钟志申 / 229

就义前给儿子的遗书 ………… 赵一曼 / 232

给襁褓里的女儿的遗书…………… 赵云霄 / 235

给妻子张瑞君的信………………… 赵万年 / 239

给亲人们的信（节选）…………… 夏明翰 / 242

给母亲的信………………………… 袁国平 / 247

给妹妹的信（节选）……………… 高文华 / 250

给哥哥的信………………………… 殷　夫 / 253

给父亲的信（节选）……………… 韩子重 / 264

给弟弟、妹妹的信（节选）……… 潘　琰 / 269

上辑 老一代革命家家书

给儿子毛岸英、毛岸青的信

毛泽东

一

岸英岸青二儿：

你们上次信收到了，十分欢喜！

你们近来好否？有进步否？

我还好，也看了一点书，但不多，心里觉得很不满足，不如你们是专门学习的时候。

为你们及所有小同志，托林伯渠老同志买了一批书，寄给你们，不知收到否？来信告我。下次再写。

祝你们发展，向上，愉快！

毛泽东

一九三九，八月二十六日

二

岸英
　　二儿：
岸清

很早以前，接到岸英的长信，岸清的信，岸英寄来的照片本，单张相片，并且是几次的信与照片，我都未复，很对你们不起，知你们悬念。

你们长进了，很欢喜的。岸英文理通顺，字也写得不坏，有进取的志气，是很好的。惟有一事向你们建议，趁着年纪尚轻，多向自然科学学习，少谈些政治。政治是要谈的，但目前以潜心多习自然科学为宜，社会科学辅之。将来可倒置过来，以社会科学为主，自然科学为辅。总之注意科学，只有科学是真学问，将来用处无穷。人家恭维你抬举你，这有一样好处，就是鼓励你上进；但有一样坏处，就是易长自满之气，得意忘形，有不知脚踏实地、实事求是的危险。你们有你们的前程，或好或坏，决定于你们自己及你们的直接环境，我不想来干涉你们，我的意见，只当作建议，由你们自己考虑决定。总之我欢喜你们，望你们更好。

岸英要我写诗,我一点诗兴也没有,因此写不出。关于寄书,前年我托西安林伯渠老同志寄了一大堆给你们少年集团,听说没有收到,真是可惜。现再酌检一点寄上,大批的待后。

我的身体今年差些,自己不满意自己;读书也少,因为颇忙。你们情形如何?甚以为念。

毛泽东

一九四一年一月三十一日

三

岸青,我的亲爱的儿:

岸英回国,收到你的信,知道你的情形,很是欢喜。看见你哥哥,好像看见你一样,希望你在那里继续学习,将来学成回国,好为人民服务。你妹妹(李讷)问候你,她现已五岁半。她的剪纸,寄你两张。

祝你进步,愉快,成长!

毛泽东

一九四六年一月七日

毛泽东(1893—1976),原字咏芝,后改为润芝。湖南湘潭人。中国共产党、中国人民解放军、中华人民共和国的主要缔造者,中国各族人民的伟大领袖。伟大的马克思主义者,伟大的无产阶级革命家、战略家、理论家,马克思主义中国化的伟大开拓者,近代以来中国伟大的爱国者和民族英雄,党的第一代中央领导集体的核心,领导中国人民彻底改变自己命运和国家面貌的一代伟人。

毛岸英、毛岸青是毛泽东与杨开慧的长子和次子。

第一封信写于1939年,当时岸英、岸青兄弟俩正在苏联莫斯科国际儿童院生活和读书。信中说到的"林伯渠老同志",当时是中国共产党驻西安的代表。信中表达了对两个远在异国他乡的儿子的惦念、关心和鼓励。

第二封信写于1941年,当时岸英、岸青已在苏联伊凡诺沃市念中学了。信中说到的"你们少年集团",指的是当时由中共党组织送到苏联学习的中国少年儿童,他们当中有不少人是革命烈士的子女。

在这封信里，毛泽东殷切叮嘱和鼓励两个儿子，不仅要多学习自然科学知识，而且要懂得脚踏实地、不要骄傲自满的道理。同时，信中也表达了看到两个孩子的"进取的志气"和各方面的进步之后，作为父亲的欢喜与欣慰之情，以及父亲与儿子之间平等对话、交流的姿态："我不想来干涉你们，我的意见，只当作建议，由你们自己考虑决定。"

随信一起，毛泽东还给岸英、岸青和其他在莫斯科的革命子弟寄去了21种共60本书。其中有《精忠岳传》《三国志》《大众哲学》《中国历史教程》《聊斋志异》《水浒》《儒林外史》等，还有《官场现形》《小五义》《续小五义》《洪秀全》以及《高中外国史》《高中本国史》和《中国经济地理》等。

第三封信是1946年写给在苏联的毛岸青的。当时岸英已经回国，岸青继续留在苏联学习。这封信字里行间充满了父亲对儿子的谆谆教导和美好期待："希望你在那里继续学习，将来学成回国，好为人民服务。"殷殷的亲情里也洋溢着真挚的家国情怀。

习近平总书记在中央党校2010年秋季学期开学典礼上，给学员们讲述了老一代共产党人的感人故事。他说："我多次读方志敏烈士在狱中写下的《清贫》。那里面表达了老一辈共产党人的爱和憎，回答了什么是真正的穷和富，什么是人生最大的快乐，什么是革命者的伟大信仰，人到底怎样活着才有价值，每次读都受到启示、受到教育、受到鼓舞。"在这篇讲话里，习总书记还讲到，毛主席一家为革命牺牲了6位亲人。

新中国成立后不久，抗美援朝战争爆发了。毛岸英毅然要求参加彭德怀司令员率领的中国人民志愿军部队，跨过鸭绿江，奔赴抗美援朝的前线。1950年11月25日，志愿军司令部所在的大榆洞遭到敌机轰炸，年轻的志愿军战士毛岸英，为了抗美援朝，保家卫国，献出了宝贵的生命。当毛岸英在朝鲜战场牺牲的消息传来，毛主席在悲痛中说："谁让他是毛泽东的儿子呢？"

给堂弟王柳华的信

王稼祥

一

柳华学弟：

前几天你寄给我与久长的信，我已收读了。

山河障隔，使我们俩不能叙晤，实在怅丧的很。我现在感觉一件非常不快的事，现在写在下面，以作这次通信的材料吧！

我们村里在外面读书的人也算不少了。不过这些人，不光无益于乡村，反而有害。这话怎么说呢？你看，到了寒暑假的时候，在外边读书的人们回家了。他们不是赌，就是乱闹。这样，还能得乡村人的信任吗？还有改造乡村的可能吗？唉！痛心的很！柳华呀！自命为先觉的青年，而有这样的举动，怎能不令人伤心呢！柳华呀！你我还算没有染着这种坏习气，愿以后保持这热血腾沸的赤心，去一改旧习，那才不愧做个廿世纪的新青年呵。请你不要笑我说大话，这都是我良心上不能不说的话呵。

北风飒飒，寒气刺骨，唉，冬又到了。日子飞也似的过去，人生怎当得几次寒风，几次严冬。呀，青年时期转瞬要与我们告别了。

功课忙碌，时间支配不过来，不能多写，就此停笔吧！下次再谈，此祝

进步

嘉　祥
十八，十，十三。

同学先生候候。

二

柳华弟：

苦呀！我们处在这帝国主义和军阀的两重压迫之下，自由已剥夺殆尽，生活已日益不安。帝国主义者无辜屠杀我们同胞，军阀随意蹂躏爱国运动，现在这两重压迫已日益加紧了，可是压迫愈紧，反动力也愈大，我们一息尚存，总应拚死命地去向他们猛攻，何患他们没有推倒之一日。柳华，我们应以国民革命的手段，联合国内的革命分子和世界上的被压迫者，去打倒帝国主义，去铲灭军阀，那我们的自由，才可恢复，我们的生活，才可安宁。柳华，愿你努力革命！愿你努力革命！

列宁先生说："没有革命的理论，就没有革命的事实。"我们既要革命，必须先研究革命理论，实习革命方法。于是我毅然决意到莫斯科进中山纪念大学，去预备革命了。

我不久就要远别祖国，北赴自由之邦，三四年后我再把莫斯科的精神，尽量地带入祖国。柳华，再会吧!

嘉　祥

愿你劝告我父母不要悲伤,至要至要!

王稼祥(1906—1974),原名王嘉祥,又名王稼蔷。安徽泾县人。中国共产党的优秀党员、忠诚的马克思主义者、杰出的无产阶级革命家、中国共产党和中国人民解放军卓越领导人、新中国优秀的外交家。1943年7月,率先提出"毛泽东思想"这一科学概念。

王柳华是王稼祥的堂弟和小学同学。

第一封信,信末所署时间:十八,十,十三,是按日、月、年顺序写的,即民国十三年十月十八日。从信中写到的时令看,这里的"十月十八日"应指农历十月十八。据此,写信时间是公历1924年11月14日。信中开头写到的"久长",名王久长,是王稼祥的同乡。结尾附句"同学先生候候",原信如此,

"候候"即一并问候的意思。作者在信中鼓励王柳华,要永远保持一颗"热血沸腾的赤心",做一个无愧于二十世纪的"新青年",同时也抒发了对时光飞逝、时不我待的感慨。

第二封信没有留下写信日期,但根据作者赴莫斯科学习的时间推断,这封信大约写于1925年10月。中山纪念大学,即莫斯科中山大学,是1925年为纪念孙中山而设立的,当时的学员主要是中国共产党党员和中国国民党党员。王稼祥在1925年冬天赴莫斯科中山大学学习。信中引述的列宁那句话,出自列宁《怎么办?》第一章第四节,现在一般翻译为:"没有革命的理论,就不会有革命的运动。"作者在信中表达了到红色苏联去寻找革命真理的决心,同时也鼓励当时正在江苏南通纺织专门学校读书的堂弟:"愿你努力革命。"

给女儿叶楚梅的信

叶剑英

一

亲爱的梅儿:——爸爸有你而感觉骄傲。

鼓起你的劲儿,踏上你的长路。

这不是日暮途远呀!红日恰在东升。

阳光照着艰险的途程,比起黑夜里摸索,要便宜得万万千千。

急进吧!追上那先头出发的人们。

急进吧!再追上一程。

那里有广漠无边的地盘,等待着你们去开垦。

那里有大批优良的种子,等待着你们去拿回来散布,赶上春耕。

人民要翻身了,许多人已经翻了身。

敌人着慌了,不顾一切的起来作绝望的抗衡。

这是人类历史上最热闹的场面。

急进吧!再追上一程。

我们不是速胜论者。

欢迎你们能够赶上这一场翻天覆地的斗争。

我想你们没有一个是"坐享其成"的人。

你们是铁中铮铮。

爸　爸

6./XII.1946.北平

二

亲爱的梅儿:

收到你最近的信,是一九四九年四月二十一日的。知道你养病已经恢复了健康,增加了体重一公斤,也增加了血,又在继续着你们的学习,我很高兴!

女儿:爸爸很对不起你,你来很多信,都没有答复。我知道远处在遥远的虽然是很自由的国家里，由于言语、习惯，等等，自然要增加一些对祖国的怀念，何况祖国的人民，正在以千万倍的信心和勇气，来打断快要挣断的锁链的时候，不断的胜利的狂风，吹到了远远的西方的时候，你们的心情，爸爸是很知道的。女儿！让爸爸们，把新民主的地基，铲得平平的，让你们后一代，加工的把我们的祖国，建筑起一座自由、快乐、文明、进步、庄严、华丽的世界。你们不能逃避这一责任，你们必须完成你们这一代的责任。因此，当着你们还在学习时期，就应该全心全意的为建设我们完全新的中国而努力！

女儿：我考虑过，也和哥哥商量过，主张你学农业。因为现在才开始学医，时间太长，恐学不好。不过这仅仅是提供参考的意见而已。不过我另一种想法，不管学哪一门科学，首先要把俄文学个精通，那么，虽然在学校里没有学得很完全，出校以后，仍可自己继续研究的。

我在北平学习市政，跳下水去学泅水，时间还很短，学得还不多，我拟努力的学习下去。这也是一件不很容易的科学。

我写这封信时,正值刘宁一同志等快要出国,拿护照来签字的时候,匆匆写一封信,托宁一同志带给你。此时妞妞上学未回来,因此,你的妹妹就没有写信给你了。下次再给你寄信。祝你
健康、进步!

你的爸爸
27./Ⅴ.1949. 北平

三

梅儿:

从李伯伯处转来的信及像片均收到。返穗后,同志送给我一架照相机,特托李伯伯送给你。如需别的亦可来信。

努力把自己锻炼成为人民所需要的人,不是多一个少一个没有什么关系的人,不是可有可无的人,确有一点本领,拿出来为人民做点事,尽点小螺丝钉的作用。这就是学习的目的,也是做人的目的。不

要好高骛远,幻想多而实干少。这一点,可要注意。许多人都说你学得不坏,爸爸是高兴的。但应该懂得还不够得很。望继续努力,日进不已的学习,完成学习任务。在广州的人,你所认识的都好。勿念。

祝你健康和进步!

爸　爸

22./Ⅸ.1950.广州

叶剑英(1897—1986),字沧白,原名叶宜伟,广东梅县人。久经考验的共产主义忠诚战士,坚定的马克思主义者,伟大的无产阶级革命家、政治家、军事家,中国人民解放军的缔造者之一,中华人民共和国开国元勋。长期担任党、国家和军队重要领导职务的卓越领导人。1955年被授予中华人民共和国元帅军衔。叶楚梅是叶剑英的女儿。

第一封信写于1946年12月6日。叶剑英挂念当时在苏联莫斯科财经学院读书的女儿叶楚梅,他用诗一般的语言,给女儿描绘了当时中国革命的大好形势,中国共产党领导的人民军队正摧枯拉朽般迎接一个一个的胜利。书信里充满了一位革命家父亲的拳拳父爱,以及对后一代人的热切期望。

第二封信写于1949年5月27日。叶楚梅当时在苏联莫斯科财经学院读书。信里说到的"哥哥",指叶选平,叶剑英的儿子;"我在北平学习市政",指的是叶剑英当时担任北平市军事管制委员会主任兼北平市市长一事;刘宁一,时任中华全国总工会副主席,正准备率中国工会代表团经莫斯科去意大利出席在米兰举行的世界工会联合会第二次代表大会。在这封信里,叶剑英给远在异国他乡的女儿描绘了即将诞生的新中国的美好前景,也对女儿这一代青年人寄予了深切的希望:"当着你们还在学习时期,就应该全心全意的为建设我们完全新的中国而努力!"并对女儿未来的理想提出了自己的建议。

第三封信写于新中国诞生后的1950年9月22日。当时叶楚梅还在苏联莫斯科财经学院读书。信中说到的"李伯伯",指的是时任中央人民政府外交部副部长、中央军委情报部部长李克农。在这封信里,叶剑英谆谆告诫女儿,不要好高骛远,而应脚踏实地,学习和掌握一些实际本领,将来可以"拿出来"为人民服务。同时也用一个形象的比喻,叮嘱女儿,一个人的本事再大,在广大的人民面前,也只能是一枚小小的螺丝钉,能为人民做点事,就是在"尽点小螺丝钉的作用"。这其实是在教导女儿,要时刻保持谦虚谨慎的态度,戒骄戒躁,"日进不已",即每天都不停止地学习和进步。

给养女孙维世的信

邓颖超

亲爱的闺女——维世:

匆促地看了你,未能尽所欲言,回来后总不能释怀!说真的,在你的病未痊愈以前,我是不能放心的!

亲爱的维世,你必须认识你所害的病的性质——慢性的消耗病,还可能引起并发症。目前医药的治疗,固然是必须的,但不可缺少而又带决定性的关键,则在于你既要认识病的性质,更要能掌握它,善于和它作斗争。这就需要你能充分的休息,排除一切人为的消耗,并严防感冒和其他可能的并发症!!

一个共产党员要经得起任何的风险、艰难困苦的考验。遭受着病的折磨和病中的寂寞,并且要战胜它,这也是一个考验。我热望你在这方面取得胜利!在不久的时间,就能痊愈出院!

看书是最能使你受到消耗而削弱你对病作斗争的力量的。千万要少看书,最好不看,善于自己消遣、积蓄力量,以便对于疾病作胜利的斗争!金山亦应这样帮助你,不能一味地顺着你的要求。

衷心地望你能重视我的话。

祝福你早日痊愈健康!

此信望给金山一阅。

你爱的、爱你的妈妈手书

1958.4.24

邓颖超(1904—1992),女,河南光山人,出生于广西南宁。伟大的无产阶级革命家、政治家,著名社会活动家,坚定的马克思主义者,党和国家卓越领导

人,中国妇女运动的先驱。周恩来的战友和夫人。因为她和周总理一生都没有亲生子女,所以全国很多后辈和晚辈都敬称她为"邓大姐"和"邓妈妈",深受全党和全国各族人民的尊敬和爱戴。

孙维世出生在一个革命家庭,她的父亲孙炳文是周恩来、朱德等人早年的战友,1927年在大革命中牺牲,当时孙维世还不到6岁。抗日战争全面爆发那年,孙维世跟随兄长孙宁世来到武汉。他们来到八路军武汉办事处,申请去延安参加八路军抗日。结果,孙宁世被留下,孙维世因年龄小被拒之门外。16岁的孙维世正一个人站在门口难过的时候,遇到从外面回到办事处的周恩来副主席。周副主席得知她是孙炳文烈士的女儿时,十分惊喜,就把她留在了办事处,后来还把她送到了延安。周恩来、邓颖超都十分喜欢她,认她作干女儿。

1938年,孙维世加入了中国共产党。到延安后,曾在抗日军政大学、马列主义学院学习。1939年,孙维世陪周恩来前往苏联治病。这期间,她对歌剧产生了兴趣。在周恩来的鼓励下,考入莫斯科戏剧学院,学习表演和导演。

新中国诞生后,孙维世把自己的戏剧导演才华,全部献给了新中国的文化事业,被称为新中国戏剧的奠基人之一。导演的代表作品有《保尔·柯察金》等苏联戏剧名作。孙维世也是新中国儿童剧的开拓者,她的儿童剧《小白兔》等曾深受小观众喜爱,《小白兔》后来还被拍成了电影。

1958年春天,孙维世因病住院治疗。细心的养母邓颖超赶往医院看望过后,仍觉得不放心,回家后就给孙维世写了这封信。邓妈妈在信中鼓励维世,千万不要大意,要做好与疾病做斗争并争取胜利的心理准备,字里行间体现了一位母亲对孩子的惦念与疼爱。孙维世对戏剧工作十分投入,平时也酷爱读书。邓妈妈担心她在病中仍然会手不释卷,所以特意在信中叮嘱说,"千万要少看书,最好不看",应该"积蓄力量,以便对于疾病做胜利的斗争"。信中说到的金山,是孙维世的丈夫,也是一位著名艺术家,当时担任中央戏剧学院院长。

邓颖超和周总理一样,对身边的工作人员和晚辈的要求与教育十分严格，克己奉公，公私分明，给后辈树立了清正、廉洁和全心全意为人民服务的崇高风范。

1954年1月24日，邓颖超在写给侄子周尔均的一封信中，告诫尔均入党之后应该从各个方面严格约束自己："……知道你已加入共产党，至为兴奋！今后，你必须加强党性的锻炼，克服非无产阶级的思想，不断的为着党员的八条标准而奋斗，不要辜负了光荣的共产党员的称号，争取如期的转为正式的党员。"

1963年1月，周总理和邓颖超从上海到苏州，看望正在那里养病的老一代革命家陈云。苏州有一家百年糖果店"采芝斋"。这家老字号的苏式糖果品种繁多，闻名遐迩。周总理离开苏州时，接待人员准备了一些苏式糖果送给他和邓颖超。邓颖超知道后，立即让随行人员付了钱。周总理不放心，特意要来发票，看看是不是跟市场上的价格一样。当知道对方是按成本收费时，周总理和邓颖超都不依了，坚持按市价把钱全部补上，还严肃地对随行的同志说："我们是人民的勤务员，决不能搞特殊化。你们搞接待工作的同志，要牢牢记住这一点啊！"

给母亲的信

左 权

母亲：

　　亡国奴的确不好当，在被日寇占领的区域内，日本人大肆屠杀，奸淫掳抢，烧房子……等等，实在痛心。有些地方全村男女老幼全部杀光，所谓集体屠杀，有些捉来活埋活烧。有些地方的青年妇女，全部捉去，供其兽行。要增加苛捐杂税。一切企业矿产，统要没收。日寇不仅要亡我之国，并要灭我之种，亡国灭种惨祸，已临到每一个中国人民的头上。

　　现全国抗日战争，已进到一个严重的关头，华北、淞沪抗战，均遭挫败，但我们共产党主张救国良策，仍不能实现。眼见得抗战失败，不是中国军队打不得，不是我们的武器不好，不是我们的军队少，而是战略战术上指挥的错误，是政府政策上的错误，不肯开放民众运动，不肯开放民主，怕武装民众，怕改善民众的生活。军官的蠢拙，军队纪律的坏，扰害民众，脱离民众……等。我们曾一再向政府建议，并提出改善良策，他们却不能接受。这确是中国抗战的危机，如不能改善上述缺点与错误，抗战的前途，是黑暗的、悲惨的。

我们不敢怎样，我们是要坚持到底，我们不断督促政府逐渐改变其政策，接受我们的办法，改善军队，改善指挥，改善作战方法。现在政府迁都了，湖南成了军事政治的重地，我很希望湖南的民众大大觉醒，兴奋起来，组织武装起来，成为民族解放自由战争中一支强有力的力量。因为湖南的民众，素来是很顽强的，在革命的事业上，是有光荣历史的。

我军在西北战场上，不仅取得光荣的战绩，山西的民众，整个华北的民众，对我军极表好感。他们都唤着"八路军是我们的救星"。我们也决心与华北人民共甘苦，共生死，不敢敌人怎样进攻，我们准备不回到黄河南岸来。我们改编为国民革命军后,当局对我们仍然是苛刻,但我军将士,都有一个决心,为了民族国家的利益,过去没有一个铜板,现在仍然是没有一个铜板,过去吃过草,准备还吃草。

母亲!你好吗,家里的人都好吗?我时刻纪念着!

敬祝

福安!

男　自林
12 月 3 日于洪洞

左权(1905—1942),字林,又名左自林,曾用名左纪权,湖南醴陵人。中国共产党的优秀党员,杰出的无产阶级革命家、军事家,中国工农红军和八路军高级指挥员。1925 年加入中国共产党。1934 年参加长征。曾指挥和参与指挥了百团大战、黄崖洞保卫战等重大战役。1942 年 5 月,在山西辽县(今左权县）指挥部队与日军大兵团激战，不幸牺牲，时年37岁。

这封信是左权将军在1937年12月3日写给母亲的。信中说到的"政府""当局"，均指国民党政府。他在信中向母亲描述了中国当时抗战的形势：国民党政府在一些决策上连连失误，而共产党领导的人民军队，却展现出为了挽救国家和民族的危亡，顾全大局，在异常艰苦的西北战场上誓死抗战到底的决心。信中也表达了自己对母亲的殷殷惦念。现在，这封信已成为著名的"抗战家书"之一。

1940年秋，左权协助彭德怀指挥了著名的百团大战，将军的威名使日军闻风丧胆。次年11月，他又指挥八路军总部特务团参加黄崖洞保卫战，与日军连续激战了8个昼夜，以最小的代价歼敌千余人，被中央军委誉为"1941年以来反'扫荡'的模范战斗"。

左权是一位深受士兵和太行山老百姓爱戴的八路军将领，他对人民有着深厚的感情。1941年6月的一天深夜，左权完成了一天的工作，刚刚和衣躺下，忽然，一阵响亮的雷声把他惊醒。他跳下床，打开窗户，借着闪电的光亮一看，瓢泼般的暴雨正在倾泻，不一会儿，院子里的积水就白茫茫一片了。左权急忙关上窗户，打开门，连裤腿也没顾得挽，就往外跑。警卫员看见了，赶忙阻拦说："参谋长，下这么大的雨，出去危险呀！"

暴雨中却传来了左权坚定的回答："这样的暴雨，老乡家里更危险啊！"他顾不得水深路滑，直奔住在附近的可能出危险的那几户老乡家去了。他刚迈进邢小女家的门槛，就听见了孩子哭、大人叫的声音。原来，雨水已淹进了邢小女家的土炕，被褥什么的都浸在了水里。两个孩子瑟缩在炕头边，搂着妈妈的脖子大哭着。左权见状，二话没说，大步跨过去，抱起了两个小孩，又拖着邢小女，急急忙忙往外冲。刚冲出院子，那间小草房的一堵墙就倒了。邢小女望着参谋长，嘴唇颤抖着说："多亏首长救命啊！要不是首长来了，俺娘儿仨就砸死在屋里啦！"左权迅速将娘儿仨安置好，又奔向另外几家。这天夜里，他忙了整整一宿，没有休息一下。

1942年5月，日军对太行抗日根据地进行了号称"铁壁合围"的大"扫荡"。22日晚上,八路军总部发现了紧急敌情。左权命令主力部队快速开拔,跳出敌人的重兵包围圈,到外线作战。八路军主力开拔后,日军利用先进的电讯情报技术,搜寻密集地向外发送电话、电报讯号的中心,跟踪发现了八路军总部所在地,立即调集重兵,将八路军总部包围了起来。

23日,八路军总部得到情报,发现了来犯之敌。当时的形势是敌众我寡,力量悬殊。总部连夜召开紧急会议,决定分散突围。24日晚,八路军总部机关趁着黑夜开始了突围,连夜突破了敌人三道封锁线。可是,25日凌晨,日军派出重兵,再次包围了总部机关。这时候,左权当机立断,不顾个人安危,坚决要求断后,掩护总部突围。

就在这天,左权在指挥断后部队掩护中共中央北方局和八路军总部等机关突围转移时,在十字岭战斗中,不幸被敌人的炮弹击中,壮烈殉国。将军的英雄浩气,与巍巍太行山同在。

左权将军为国捐躯后,朱德总司令为他写下了这样一首挽诗:"名将以身殉国家,愿拼热血卫吾华。

太行浩气传千古，留得清漳吐血花。"为了纪念左权将军的爱国精神，1942年9月18日，山西辽县党政军民5000多人举行了辽县易名典礼，把辽县更名为左权县。

给女儿朱敏、儿子朱琦的信

朱　德

一

朱敏女儿：

我们身体都好。朱奇已在做事。高洁还在科学院。兹送来今年上半年的像片两张。你在战争中应当一面服务，一面读书，脑力同体力都要同时并练为好。中日战争要比苏德战争更迟些结束。望你好好学习，将来回来作些建国事业为是。

朱　德

康克清

1943，28/10 于延安

二

朱琦：

你的来信收到。你这次蹲点的经验，是正确的，作为改变你的思想和工作方法有很大益处。你过去的思想是封建和资本主义的思想交叉的，总是想向上爬，越走越不通，屡说也不改。这是你混过了你的宝贵时间。现在去蹲点，同群众看齐同吃同卧同劳动，深入了群众中去，就真正会了解社会主义如何建设，如何完成，就会想出很多办法，同群众一起创造出许多新的办法，推向前进。你们铁道部门是接管的企业，过去的旧框框没有打烂，又学苏联的新框框，就是迷失社会主义创造性的一条。现在在毛主席的辩证唯物主义的指导下，敢于创造出社会主义新类型，来改正铁道交通，是成功的。三结合的方法，主要的还是群众。社会主义教育在全国均有很大进步，望你再去蹲点。今后工作要求在现场工作，使你更进步才不会掉队。

朱　德

一九六五年四月九日

❖❖❖

朱德(1886—1976),字玉阶,原名朱代珍,曾用名朱建德。四川仪陇人。伟大的马克思主义者,伟大的无产阶级革命家、政治家、军事家,中国人民解放军的主要缔造者之一,中华人民共和国的开国元勋,是党的第一代中央领导集体的重要成员。

这里选了朱德分别写给女儿朱敏、儿子朱琦的两封家书。第一封信是和夫人康克清联名,在1943年写给女儿朱敏的。朱敏从1941年3月起,就在苏联国际儿童院生活和学习。苏德战争爆发后,国际儿童院所在地被德军攻占。1943年8月,朱敏同国际儿童院的部分儿童被纳粹德国送进法西斯集中营做苦工。由于未暴露身份,有幸活了下来。身在延安的朱德夫妇,并不知道女儿这段死里逃生的经历。他们写给女儿的这封信,朱敏没有收到。直到德国投降后,朱敏于1945年重新回到苏联国际儿童院,才读到父母亲两年前写来的这封信。

信中说到的"朱琦",是朱德的儿子;"高洁",全名贺高洁,是朱敏的表姐,当时正在延安自然科学院学习。在信中,朱德教导朱敏,要知行合一,一面服务、劳动,一面读书、增长知识,这样将来才能有本领和经验,"回来作些建国事业"。话虽不多,但字字千钧。一方面体现了对女儿的严格要求,另一方面也对其建设新中国寄予了厚望。

第二封信是在1965年写给儿子朱琦的。信中说到的"蹲点",就是找一个比较固定的地点,深入和扎根到群众中去,"同吃同卧同劳动"。朱德希望儿子朱琦能够继续"蹲点",在一线劳动中,在"三结合"的实践中锻炼自己。"三结合"是当时改进工作作风的一种方式,即在企业管理和科学技术的具体工作中,实行干部、工人、技术人员三结合。朱德希望儿子朱琦,今后要注重"三结合",只有经常在一线即"现场"工作,才能更"进步"和"不会掉队"。

给父母亲的信(节选)

向警予

……

爹爹妈妈呀,我天天把你两老家的相,放在床上,每早晚必看一阵。前几天早晨,忽然见著爹爹的相现笑容,心里欢喜得了不得。等一会会儿,便得着五哥的平安家报。今天晚上九点钟,新从世界工学社旁听回来,捧着你老家的相一看,忽现愁容,两个眉毛紧紧地锁着,左看也不开,右看也不开,我便这样说:我的爹爹呀,不要愁,你的九儿在这里,努力做人,努力向上。总要不辱你老这块肉与这滴血,而且这块肉这滴血还要在世界上放一个特别光明。和森是九儿的真正所爱的人,志趣没有一点不同的。这画片上的两小也合他与我的意。我同他是一千九百廿年产生的新人,又可叫做廿世纪的小孩子。

……

向警予(1895—1928),女,原名向俊贤,湖南溆浦人。中国共产党早期重要领导人之一,无产阶级革命家、妇女解放运动领导人之一。在严酷的革命斗争中,她以巾帼不让须眉的豪迈气魄,用生命诠释了对党的事业的绝对忠诚。

向警予在家族同辈里排行第九,所以小名就叫"九儿"。1911年5月,向警予进入常德女子师范学校速成班念书。当时班上有7个志同道合的好姐妹,七姐妹里有一位同学名叫余曼贞,就是后来的著名女作家丁玲的母亲。向警予是年龄最小的一个。当时才16岁。余曼贞比向警予大好多岁,已经是几个孩子的妈妈了。但是两个人兴趣、志向格外合得来，简直就像一对忘年交。有一天，七姐妹又在一起聚会，向警予望着各位姐姐，脸色庄重，提高声调说道："各位好姐姐，我们的华夏古国已经存在了四千多年，不想到了今日，竟到了快要沦亡的地步！想当初，先贤们筚路蓝缕，开疆拓土，付出无数心血，才把故国大地和华夏文明开辟出来，做了我们四万万同胞家国基业。一辈辈后来者，又不知耗费了多少苦功血汗，才守住了这一片大好河山。可如今呢，腐败无能的清政府，东割一块来送与东方列强，西割一块来送给西方列强。往北看，胶州、威海、烟台、天津、旅顺，往南看，福州、厦门、广州……这沿海一带，就像中国的咽喉，都被一寸一寸、一段一段地切割走了，我们眼看都要做亡国奴了！照我看来，我华夏大地上有二万万女同胞，休说什么女流之辈，只宜在家相夫教子，不！我们应该唤醒更多的姐妹，与所有的男同胞一样，担当起救国救民的重任，为我中华女子开辟出一个新世界，为我中华民族绽放出大光明，为我女界创造出一段新历史！你们说，我们是不是应该起来抗争和奋斗？我们要起来，要去抗争！去争已失女权于四千年,去铸已死国魂于万万世!所以,我提议,为了达此目的,我们七个人要志同道合,像昔日的'桃园三结义'一样,结拜成永远的好姐妹,风雨同舟,生死与共!"

在迎风怒放的牡丹花前,七姐妹立下庄重的誓言:"姐妹七人,誓同心愿,振奋女子志气,励志读书,男女平等,图强获胜,以达教育救国之目的,如有违约,人神共弃!"救国救民的神圣使命感,让七姐妹的手紧紧握在了一起。

念完了常德女子师范学校速成班,向警予又从家乡湘西来到长沙,先后在湖南省立第一女子师范学校、周南女中读书,并改名为向警予,以提醒自己要时刻警惕封建旧势力并与之抗争。周南女中,被人称为"女革命家的摇篮"。蔡和森的妹妹蔡畅和向警予是同学,因为这层关系,向警予结识了蔡和森、毛泽东等一群风华正茂、志同道合的湖南青年。

1918年4月,毛泽东、蔡和森等青年以"革新学术,砥砺品行,改良人心风俗"为宗旨,发起成立了爱国革命团体"新民学会"。向警予得到消息后,也十分渴望走出长沙，去干一番"真事业"。1919年秋，她加入新民学会的要求，得到了毛泽东、蔡和森的肯定。从此，她和蔡和森的交往也渐渐变得频繁和密切起来。同年10月，向警予和蔡畅等发起成立了"湖南女子留法勤工俭学会"，成为湖南妇女界勤工俭学运动的首创者。12月，向警予和蔡和森、蔡畅一起赴法国勤工俭学。向警予发奋学习马克思主义经典著作，积极参加工人运动，坚定地支持蔡和森的建党主张，积极参与建党工作。

共同的理想使向警予和蔡和森产生爱情，1920年他们在法国蒙达尼举行了婚礼。

这封信就是向警予在1920年8月从法国写给父亲向瑞龄、母亲邓玉贵的。信中不仅表达了身在异国他乡对父母双亲的思念，同时也表达了自己"努力做人，努力向上"，并且和自己的爱人与战友蔡和森一道献身革命，"要在世界上放一个特别光明"的远大抱负。

信中的"九儿"指她自己；"五哥"即向警予的五哥向仙良；"工学世界社"是当时留法勤工俭学的中

国青年学生以部分新民学会会员为骨干成立的一个青年团体;"画片上的两小"指的是向警予寄给父母亲的明信片上印的两个外国小孩的形象。

1922年初向警予回国后正式办理了入党手续,开始领导中国最早的无产阶级妇女运动,在妇女解放运动史上作出了不可磨灭的贡献。

1925年10月,向警予、蔡和森等人受党中央派遣,赴莫斯科东方劳动者共产主义大学学习。1927年,向警予回国,在中共汉口市委宣传部和市总工会宣传部工作。这一年的4月12日,蒋介石在上海发动了反革命政变,向共产党人举起了屠刀。7月15日,在武汉的国民政府也对共产党人发动了政变,一时间,腥风血雨和白色恐怖弥漫了整个武汉。紧急关头,一批共产党领导干部迅速转移,向警予却主动要求留在湖北省委机关工作,坚持秘密的地下斗争。

1928年3月20日,由于叛徒出卖,向警予在汉口的法租界不幸被捕。国民党反动军阀对向警予施行了惨无人道的折磨和逼供,但她始终咬紧牙关,横眉冷对，严密地守住了党的秘密，恪守共产党人坚贞的革命操守。这年 5 月 1 日，全世界工人阶级的节日，向警予正气凛然，视死如归，在汉口英勇就义，年仅 33 岁。

给女儿、儿子的信

任弼时

一

亲爱的卡秋莎：

你的近况如何？八月三十日来信和照片均已收到。我们都很高兴，你这学期取得了很好的成绩。

卡秋莎，我们也生活得不错。爸爸有点病，目前正在疗养院治疗，很快就会好的。你的两个姐姐和弟弟都在北京上学。

卡秋莎，中国已经从帝国主义和国民党手中解放出来了！

不久以前，新的人民政府在北京成立了。中国人民今后的任务是恢复和发展工农业,为此,需要许许多多的各种各样的专家和干部。望你更加努力学习,并在苏联完成学业之后,成为一名优秀的专家。

望你常来信。

你的父亲陈林(任弼时)
你的母亲陈松(陈琮英)
一九四九年十一月十一日

二

亲爱的远征儿:

你的信收到了,知道你已考上了中学,并且是取了第三名,完小毕业取了第一名,以及某次会上把你的讲话录音转播,所有这些消息,使我非常高兴!希望你到中学后能像过去一样的继续努力学习,将来转进高中和大学一直好好的学习,把自己培养成为社会上最有用的人材。我这次买了一架女脚踏车送给你,就作为给你的学习优良的奖品吧!但是当着你还没有熟习车子性能,驾驶没有十分把握时,就不要随便骑车上街，免出意外。

你现在是否同姐姐住在一个宿舍，还是分开很远呢？时常能与姐姐见面吧？你们是另成立的新班，还是插入原来的班次？功课忙否？中学的饮食自然是要比原来学校差些，但你已经过惯了没有？你和姐姐还需要一些什么学习上的用品（这次寄来三、四把计算尺分给姐姐和你各一件），望于下次来信告我，我可在回来时帮你们买好带给你们。

我养病的情形你可从给妈妈的信中看到。望你和姐姐弟弟在学校中好好注重身体，不要生病，这半年来姐姐真的没有生过病么？

我们这里已不大下雪了，但潮湿得很，还不如下雪的好。

征！妈妈近来没有生病吗？你现在星期六可同姐姐一道回家么？最好能回去使你妈妈不致太寂寞。

余后谈。祝
你努力学习。

你的爸
于三月廿五日

三

亲爱的远儿：

我已经四个月没有看见过你了，但近日接到你的照片和你寄给我的大果子等，照像片看来，你是比以前长得更大了！恐怕也更加调皮些了。你上次写信说要和我算老帐，我记得当我离开北京前一个星期就告诉了你，说明我将去东北休养，那还有什么老帐可算的？假如我走的那天接你回来送我上火车，你在火车站上当着许多人奏起军乐来（哭起来），那又多么不好看呢！所以老帐你再不要去算好了。

远儿！我的病好得许多，再有一个半月就要回北京了。而且我回来时，将你的远芳姐姐带回来，她很可能也进你的学校读书，将来你们两姊弟可以同去同回。你看那又是多么的好呵！可是我要先告诉你，你的芳姐姐生长在外国，她十一个月就离开了爸爸妈妈，现在十一岁了。她已在苏联小学四年级毕业，下半年本应该进五年级，但因她不懂中国话，回国后要先学习中国文,才能转进中国小学的五年级,所以她只好像娇娇一样到你们学校去学中文。你也要帮助她学中国话,她回家后你必须准备处处帮助她,不能因为她不懂中国话就去欺侮她。我现在除买一架女脚踏车给小姐姐外,另买一架男孩脚踏车给你,可是远芳姐姐还没有车子,你要准备将你现用的车子将来送给芳姐姐作为你们相见的礼物。我想你是会同意,而且一定要这样同意才好,这也是我在事前要向你说明白的。

　　远!你在寒假期中补习有成绩吗?上学期考试的成绩如何?你觉得自己进步如何?你是很好的听妈妈的话吗?望你下次来信告我。望你好好学习!

你的爸寄
三月廿五日

❖❖❖

任弼时(1904—1950),原名任培国,湖南湘阴(今属汨罗市)人。伟大的马克思主义者,杰出的无产阶级革命家、政治家、组织家,中国共产党和中国人民解放军的卓越领导人,以毛泽东同志为核心的中国共产党第一代领导集体的重要成员。

这里选录了任弼时分别写给小女儿任远芳(在苏联时使用的俄文名字叫"卡佳",昵称"卡秋莎")、二女儿任远征和儿子任远远的三封信。任弼时的长女名叫任远志。

第一封信是任弼时、陈琮英夫妇联名,在1949年11月11日写给远在苏联的小女儿任远芳(卡秋莎)的,原信为俄文。当时任远芳正在苏联伊凡诺沃国际儿童院生活。

任远芳,1938年12月8日出生在苏联首都莫斯科。任弼时当时担任中共中央驻共产国际代表。1940年春天,任弼时、陈琮英夫妇同时回国工作,把女儿任远芳留在伊凡诺沃国际儿童院生活。当时远芳还很小。1948年，当国内的解放战争取得了决定性胜利后，远芳开始和父母亲通信。这年8月30日，不满10岁的远芳用俄文第一次给父母亲写信，讲述了自己的学习和生活情况。1949年1月20日，她收到了爸爸的第一封来信。因为任弼时知道女儿不会中文，所以给远芳的书信都是用俄文写的。

任弼时在这封书信中表达了一位父亲的拳拳亲情和对女儿未来的殷切期待。他告诉女儿，美丽的新中国已经诞生，新中国在不久的将来需要许许多多有知识、有本领的建设人才，所以希望女儿在苏联努力学习，将来成为一名能为祖国做出贡献的专家。

第二封信是1950年3月25日，从苏联写给正在北京念中学的二女儿任远征的。虽在异国养病，但任弼时时刻思念着在北京的妻子和孩子。从这封信里的许多"？"里就不难感受到，他对孩子们的成长、进步、生活和健康，还有对妻子的健康，都十分惦念。"这半年来姐姐真的没有生过病么？""妈妈近来没有生病吗？""你现在星期六可同姐姐一道回家么?"殷切的惦念和牵挂之心,溢于言表。所以他在书信中仔细询问女儿:"中学的饮食自然是要比原来学校差些,但你已经过惯了没有?"还殷切叮嘱说,"你和姐姐弟弟在学校中好好注重身体,不要生病"。信中对孩子们还需要什么学习用品,也一再询问,悉心的关爱中饱含着一位父亲对未来一代的期盼与希望。

第三封信是与给远征的那封信同一天写的,写给儿子任远远的。远远当时正在北京念小学。信中说到的"娇娇",就是毛泽东的女儿李敏,当时也在北京念小学。在这封信中,做爸爸的用幽默的口吻,对当年与儿子不辞而别的"老帐",做了解释。"假如……你在火车站上当着许多人奏起军乐来(哭起来)……"一句,说得多么风趣和幽默!信中还殷殷叮嘱儿子,不久,在苏联长大的姐姐远芳就要回国念书了,姐姐不懂中文,所以,要多多帮助姐姐,不要因为她不懂中文、不会说汉语,就对她有什么不耐烦和歧视。从这些仔细的叮嘱里不难感知,任弼时对从还在襁褓时就离开了父母、在苏联伊凡诺沃国际儿童院长大的小女儿远芳,心存亏欠和愧疚,所以生怕女儿回国后,再受到什么委屈。信中也叮嘱儿子要好好学习,不断进步。

给女儿刘平平的信（节选）

刘少奇

亲爱的平平：

　　祝贺你就要满十四岁了。希望你的十四岁生日过得有意义。满十四岁，在生理上，就已成长为青年；在智力方面也具有一定的思考能力。我们希望你在满十四岁以后，认真地考虑一下：你到底要做一个什么样的青年？在我们的社会主义新中国里，大多数青年都是有一定的社会主义觉悟的，但是，仍有先进的、一般的和落后的青年之分。做个落后青年，整天想不费力气、不费脑筋，而又能吃得好些、穿得好些、玩得多些，看来，似乎是最讨便宜，最"享福"的；实际上，这样的人，是最苦恼的。他们没有远大理想，不关心别人,只计较吃、穿、玩,计较个人得失,不仅当前不会心情舒畅,将来,也是没有前途,没有用处,经常要处在苦闷和困难中。……你应当力争上游,不要安于中游,不要做落后分子和自私分子。我们认为,根据你的健康状况、智力条件和你自幼所受的党的教育,你不应当只安于中游,不应当马马虎虎地度过你的青春时期。我们希望你能决心做个进步的、革命的青年,具有远大的共产主义理想,具有雷锋式的平凡而伟大的共产主义精神,能够真正继续承担起革命前辈的革命事业。现在学习要认真、刻苦,热爱劳动,虚心学习别人的优点,关心集体,关心国内外大事,为了人民和集体,可以有所牺牲,并且注意锻炼身体。将来,党和人民需要你做什么,你就可以做好什么工作。当然,要这样做是会有许多困难,要吃苦,要吃一些亏,要受委屈,甚至要牺牲的;但是,只要你真正决心献身于伟大的共产主义事业,决心把我们的国家建设成为富强的社会主义国家,真正关心全世界人民的解放事业,任何困难都是能够克服的,虽然吃了苦,吃了亏,你反而会心情愉快,心情舒畅的。希望你认真地考虑。只要你真正决心做个进步的、革命的青年,永远听党的话,并严格地要求自己、管束自己,依靠老师、同学和家里的帮助,你一定能够给党和人民做出更多的工作,党和人民一定会更喜爱你的。

如果,你认为我们的意见是对的,那么,从现在开始,你就要以一个优秀的共青团员的标准要求自己,共青团员应做到的事,你都要做到,做错了的事,勇敢地改正。这样,等你满了十五岁以后,共青团的组织一定会欢迎你成为共青团的一个正式团员的。

吻你!

爸爸和妈妈

1963,5月9日晚赴越前夕,于昆明。

刘少奇(1898—1969),湖南宁乡人。伟大的马克思主义者,伟大的无产阶级革命家、政治家、理论

家,党和国家主要领导人之一,中华人民共和国开国元勋,党的第一代中央领导集体的重要成员。

1963年5月1日至6日,刘少奇和夫人王光美访问柬埔寨,之后回到昆明稍事休息,接着于5月10日至16日出访越南。这封信是他和夫人在昆明时,联名写给正在北京读中学的女儿刘平平的。这是一封言辞恳切、境界高远的"红色家书",因为是写在女儿即将年满十四岁的时刻,所以,整个书信又像是一份祝贺女儿的"成年礼"。信中对女儿当下的成长和学习提出了殷切的希望和要求;对女儿未来的人生道路,也予以了热情的鼓励和展望。其中重点给女儿讲述了进步与落后、追求远大理想与"安于中游"的落后态度、吃苦奉献与个人享乐,最终会带来的截然不同的人生境界。最后对女儿寄予了新的希望:希望十五岁以后,成为一名光荣的共青团员。

身为国家主席,刘少奇用自己的实际行动,为全党和全国的共产党员树立起了一种共产党人的风范。这种风范,也体现在他的家风,体现在他和妻子对子女们言行的严格要求当中。"国家主席的孩子,更应该和工农群众的孩子一样,决不能搞任何特殊化。"这是他经常告诫子女们的话。

刘少奇十分注重培养子女艰苦朴素的作风。有一次,刘平平跟随阿姨上街购置衣服,看中了一件虎皮领子大衣,阿姨就替平平买了回来。到家后,刘少奇听说这件大衣价格是40元,就问阿姨:"你小时候穿过这么好的衣服吗?"阿姨说:"我小时候家里穷得连饭都吃不饱,怎么可能穿这么好的衣服?"

刘少奇说:"对呀!你也不要以为平平是我的孩子,就该穿这么好的衣服。去把这件衣服退掉吧,另买一件大众化的外衣。今后一定要以此为诫,培养孩子朴素的生活作风,比什么都重要,不要娇惯他们。"阿姨和平平都明白自己做错了事,马上把那件大衣退掉了。

新中国成立之初,家乡湖南花明楼的不少亲戚,听说刘少奇当了国家领导,就纷纷前往北京,希望能凭着刘少奇的"关系",谋到一些好处。但这种做法都遭到了刘少奇的明确拒绝。后来,刘少奇还亲自主持了一次家庭会议,参加的有老家来的亲戚,还有自己的几个孩子。他明确告诫说:谁也不能因为自己与国家主席沾亲带故,或是嫡亲的子女,就想要得到另外的"照顾";恰恰相反,正因为是国家主席的亲戚,更应该严格要求自己,更应该艰苦朴素、谦虚谨慎。刘少奇还对子女和亲戚明确表示,绝不允许利用党和人民给的权力搞特殊,一旦发生,一定会严肃处理。

在二十世纪六十年代初,国家遭遇了困难时期。不少国家机关工作人员的孩子在学校就餐,常吃不饱,身体渐渐消瘦。这时候,有的同志便建议刘少奇、王光美夫妇,把孩子接回家里住。但是,刘少奇和王光美都不同意接回孩子,坚持把孩子留在学校里。

刘少奇的小儿子刘源读书期间,经历过这样一件事。有一次,学校给学生发放了白薯干,由于这种白薯干又黑又硬,难以下咽,刘源偷偷扔掉了。班主任知道这件事后,就在"家校联系簿"上如实做了记录,并进行了评论。刘少奇看到后,就把刘源叫到身边,语重心长地说:"老师讲的对!这是农民伯伯、阿姨饿着肚子辛辛苦苦种出来的,一点都不能浪费。粮食是一滴滴汗珠换来的,要珍惜这些劳动果实。你要从小尝尝吃不饱的滋味,将来替人民办事的时候,才会站在人民一边。"过完周末,回到学校,刘源铭记父亲的教诲,第一时间纠正了自己的错误,将白薯干找回,清洗干净,吃了下去。

又有一次,刘源不知什么时候把一支钢笔弄丢了,就想要买一支新的,不料却受到了父亲的批评:"你知道吗,在过去的艰苦年代里,延安和解放区的小学生们都用蘸水钢笔写字,不是照样学文化、学知识吗?这种精神不应该忘记!"后来,刘少奇还让秘书把这个要求作为一条建议,提交给刘源所在学校的校长。后来,这个学校使用蘸水钢笔的多了,刘源用蘸水钢笔写的作业也字迹清晰。

刘少奇的长女爱琴有次回北京时,跟父亲抱怨自己住的房子被大水淹了,向有关部门多次反映也得不到解决。刘少奇听了,反问女儿:"群众住的房子,难道没被水淹?群众能住,我们也能住。不能因为你是国家主席的女儿,就可以特别,先给你换房子!现在搞点特殊,好像得了便宜,但在思想上是一种危险……常常想占便宜,思想就要变,会变到人民的对立面去,成为无益于社会的人。"

给孙女吴本立等的信(节选)

吴玉章

本立、本渊、本浔、本蓉好孩子们:

你们的贺年信我收到后知道你们学习的成绩都好,使我非常喜欢。本蓉继续保持三好学生的名称;本浔最差的语文一课,这次期考也得了五分;本渊数学竞赛取得了全班第一;本立的学校一九五九年高考成绩是北京市第一,特别值得高兴的是你和同学们抱雄心、立大志、赶福建、超福建,要努力学习,成为全面发展的新人。同学们干劲都非常足。你想学尖端科学:原子能、自动化控制……总之什么最难学、什么最需要,你就想学那一门,任何困难你都不怕。这种坚强的意志是很可宝贵的。你决心要加入共产党，学习共产党员的道德品格，作一个红透专深的共产党员。这很好。现在你还是共青团员，到了合格的年龄自然可以入党，主要的是要政治挂帅，要作一个工人阶级知识分子，一定要有无产阶级的世界观，即马列主义的世界观。去年年底中国青年杂志社特派了两个同志到广州来要董老和我对于青年在中国社会主义建设的新阶段中，要如何树雄心、立大志发表一点意见，我们的谈话登在一月这一期的《中国青年》杂志上，想你已看到了。这一期杂志上有很多好文章。还有《人民日报》今年一月一日《展望六十年代》和一月二十三日《社会主义建设的新阶段》这两个社论是极好的文章，最好的理论联系实际的读物，你必须读来背得。现在学校教学中所选的中文读物太不能令人满意了。……本立这次的信写得很好，文笔通顺，志愿弘大，尤其可喜的是要作一个好共产党员，又红又专的工人阶级知识分子。党的决议和毛主席的著作是现代最好的文章，在书报上你们已经看见许多文章谈这一问题，你们必须细看和互相帮助学习和讨论。不要多花时间去看小说。两个小弟弟还小一点，理论高一点的书还不能看。大的两个已经十七、八岁了，正是青年蓬勃发展的时期，必须趁此时机加十倍百倍地努力学习。关于个人的品格也就是现在作一个共产党员的品格，你们要熟读刘少奇同志的《论党》和《论共产党员的修养》等书。人民大学出版的《中共八届八中全会学习文件汇编》中选有这些文章，可要来学。本立信上说你爸爸是一个非常好学的人，很有学问。不错，你父亲震寰是一个很好的水电工程师。他在法国毕业后就在法国作了几年工程师。一九三四年我要他到莫斯科来学马列主义的革命理论，他到后不愿到我们的训练班学习，要到苏联的建设委员会去作水电设计工作，苏联也很欢迎他，我不答应。杨松同志为他劝我说：他是专家，让他多作一些研究和取得经验，以便将来回国作我们的建设人才。我才答应了。一九三八年他同我回国后不久就在长寿龙渊洞作水电工程师，工作很有成绩。国民党人知道他是我的儿子，久已蓄意害他。一九四九年北京解放后，他很高兴，想把他的病医好后更好为人民政府工作，就在成都华西医院去动手术，两次开刀都延长到三、四个钟头，终于把他害死了。多少听到这种以人命为儿戏的医法是特务杀人的行为，但中了敌人的奸计也无法追究了。这就是没有提高警惕，也就是只专不红，为科学而科学，没有政治挂帅的惨痛教训。你们的爸爸是我的好儿子。因为我去日本留学九年（一九〇三——一九一一）使我的儿女没有能够好好地有钱去上学念书，所以中文都不好。你爸爸法文学得很好，数学、科学都有些天才和特长，可惜思想没有得到彻底改造，他只知道跟着我走革命道路就行了，还有资产阶级知识分子的为科学而科学的错误思想。但是他的品质是好的。他常对我说，一九一一年七至九月的短短时间中我教了他许多东西，特别是孟子所说的"富贵不能淫，贫贱不能移，威武不能屈"这三句话。他常常牢牢记在心中，决心身体力行。事实也是如此。国民党虽是知道他是我的儿子，但他没有短处使国民党能陷害他。相反，抗日战争胜利后国民政府行政院长翁文灏，派他为东北接收六人委员之一，要他去接收小丰满水电厂，因为翁知道他人好，工作作得好。但国民党人不让他去东北，而把他派到海南岛去接收，他二月多点时间任务完成后即交与国民党人去升官发财，自己又回到长寿去工作。他的学问品质是好的，可惜没有思想改造、马列主义的世界观，只能是一个好科学家，而不是一个又红又专的工人阶级的知识分子。你说"要青出于蓝而胜于蓝"，后人要胜过前人，这是马列主义发展学说的真理。你要看上面所说人民大学出版的书二八一页列宁论马克思的辩证法一段就知道得清楚了。总之由你这次的信看来，你的志气是很好的，但是要虚心学习，不要骄傲自满，对人要和气亲热，走群众路线等等。至于你对我的估价很高，是的，我是有雄心大志的。我很小时自尊心很强，父、兄教导我要作一个顶天立地的有志气的人。七岁上学记忆力和理解力都很好，很受家庭和亲友的钟爱。不幸上学不过三个月父亲就去世了，因家庭怜我幼丧父留在家中侍奉八十三岁的老祖母，过了三年祖母去世。这三年中受了祖母和母亲许多教育，使我决心要作一个好孩子。过了两年我二哥带我到成都尊经书院，他一边学习，一边教我，使我得到非常快的进步。可痛的是母亲急病去世，弟兄奔丧回家十分悲痛，我二哥是一个讲孝道的人，他一定要庐墓三年，我和大哥每晚送他去母墓旁草棚中。当时正是中日开战和中国失败的时候，我们弟兄正在读历史，宋朝受辽金入侵，失败至于亡国，这就使我们有救亡图存的志愿。以后我们对于戊戌变法很赞成，并参加同盟会努力作革命工作。辛亥革命成功不久袁世凯背叛，我又参加了反袁的二次革命，失败的消息传到成都，我二哥回家，因贫病交加，革命又失败，遂自缢而死。我所以写这些事实告诉你们，是要使你们知道革命有今日这样伟大的胜利不是容易得来。……我时时觉得对国家、社会贡献太少，而党和政府给我以崇高的地位、优厚的待遇，特别是青年们及我所到地方的同志们、工农广大群众的欢迎接待，使我深深感激，而不敢不力求进步以报答党和政府及人民对我的厚爱。我并无过人的特长，只是忠诚老实，不自欺欺人，想作一个"以身作则"来教育人的平常人。我是以随时代前进不断改造自己，使不至成为时代落伍的人。

我常常觉得自己缺点、错误总不能免，去年九月写了一个座右铭，你们曾经看到，因为用了许多典故，你们不易看懂，待我回北京后和你们细讲。写得太多了，两个小弟弟不易看懂，可请你们妈妈讲解一下。我二月五、六号就动身回四川家乡，把家乡的文改工作和人民公社试点工作的许多事情亲身去体验学习一下。在实践中来提高自己。我打算四月中回北京，望你们努力学习。

祝你们春节快乐！

你们的祖父　玉章

1960.2.1

吴玉章（1878—1966），原名永珊，字树人，四川荣县人。杰出的无产阶级革命家、教育家、历史学家和语言文字学家，新中国高等教育的开拓者，中国人民大学首任校长。抗战时期，与董必武、徐特立、谢觉哉、林伯渠一起被尊称为"延安五老"。

这封信是吴玉章对孙辈给他贺年信的回信,写给孙女吴本立和孙子吴本渊、吴本浔、吴本蓉。本立当时在中国科技大学读书;本渊在哈尔滨军事工程学院读书;本浔、本蓉当时在北京读中学。信中说到的"董老"即董必武,当时担任国家副主席;杨松是一位老党员,1933年开始在莫斯科工作。

这封信语言朴素真诚,充满了一位祖父对孙辈的谆谆教导和殷切希望。主要有四层意思:一是对孩子们取得的好成绩表达了欣喜和赞赏之情,鼓励孩子们再接再厉,不仅要学好科学文化知识,还要做"又红又专""红透专深"的好青年,要有正确的价值观和世界观,要学习共产党员的道德品格,争取早日成为光荣的共产党员;二是告诉孩子们要学好语文,但不要多花时间去看小说,而应该多读一些"理论联系实际的读物",在政治学习中提高语文能力。吴老还给孩子们开列了像《论党》《论共产党员的修养》等书单;三是追忆了自己的儿子,也就是孩子们的父亲吴震寰,以及他自己和兄弟们早期的人生经历,以此告诫孩子们:"革命有今日这样伟大的胜利不是容易得来",而是无数先辈在漫漫长夜中不断探索、付出了巨大的代价甚至是不惜生命换来的,因此,孩子们要珍惜今日的和平和幸福生活,不要忘记了先辈的牺牲;四是以自己的"夫子自道",给孩子们"现身说法",其实仍然是在鼓励孩子们诚实做人,努力学习和工作,报效党和人民的养育之恩。

在最后一层意思里说到他在"去年九月写了一个座右铭"。这个座右铭是:"我志大才疏,心雄手拙。好学问而学问无专长,喜语文而语文不成熟。无枚皋之敏捷,有司马之淹迟。是皆虚心不足,钻研不深之过。年已八一,寡过未能。东隅已失,桑榆非晚。必须痛改前非,力图挽救。戒骄戒躁,毋怠毋荒。"这个座右铭里有自谦,更有自励、自强和老骥伏枥、壮心不已的进取精神。

给妻子陆静华的信(节选)

张太雷

……

我此次离家远游并没有什么□□[1],你们也不必对于我有所牵挂。我觉得现在我做事,总不能说可以长久。今天不知明天如何。这样心境不能安定,心境不安定是如何痛苦呵!我想最好能自己独立生活,不要人家能操纵我的生活。所以我立志要到外国去求一点高深学问,谋自己独立的生活。我先前本也有做官发财的心念。所以我想等明年去考高等文官考试;但是我现在觉悟:富贵是一种害人的东西。做了官,发了财,难保我的道德不坏。常常在官

---

[1] 原信此处空缺二字。

场中混,替那些不好的人在一起,嫖赌娶妾的事情或不能免。倘若是这样了,非特我的身体、道德要坏,恐怕家里要受莫大的苦处。你也看见多少做官的发财的人们多嫖赌娶妾。倘若我做了官,发了财,我自己也不能保不替他们一样的做坏事。唯有求得高深的学问,即可以自己独立谋生,不要依靠他人,这样就用不着恐惧失去饭碗,心境自然也就安定,心境安定是寿长的最要紧的事。又可以保持我清洁的身体,高尚的道德,不致于像那些做官的发财的人一样嫖赌娶妾做坏事。我觉悟着做官发财替福气是完全相反背的;因为做官发财的总是嫖赌娶妾的,就是不嫖,不赌,不妾,他们的心境亦决不会安定的,因为做了知县又想做知府,赚了二百块钱一日又想三百,他们的欲望决不会满足,欲望多的人决不会长寿和安乐的。所以我说做官发财决不是福气。真正的福气是心广体胖;心广体胖一定要心中无所忧虑,要不嫖不赌不娶妾。但是一个人要心中无所忧虑,先须得生计独立,就是说做事不要靠人家引荐,要人家来请,即使人家不来请亦能有饭吃。这样,只有有了高深学问才能够。一个人有了钱要不嫖不赌不娶妾是一件很难的事，因为这种不是能够用人可禁止的，必须使他能有别种快乐之事去代替这种坏的快乐事体。求学问是一种最快乐的事。在有学问的人看那嫖赌等多是痛苦而不是快乐，所以他们决不会去做那种事的。你看见多少真正读书的人（如你的爹爹）多是这样。所以我决计外国去游学求一点学问，将来可以享真正幸福。你也可以享真正的幸福，母亲也享真正幸福。但是我们现时不能不尝一点暂时离别的苦去换那种幸福。你情愿不情愿？我想你是一个明白人一定是情愿的，并且赞成的。

至于家中过日的问题，我于前两次的信中已经说过了。凡遇有金钱紧急的时候，尽可写信与北京彰仪门大街通才商业学校吴炳文及哈尔滨道里特别地方审判厅张照德。他们是我的好朋友，他们允许帮助我。荟甄四叔处已有两封信去了。母亲尽可向他要，因为这款虽然是他家给我们的，但是我们要知道铜钱是天下共有的，真正讲起来，亦不是他们的亦不是我们的。所以尽可以向他要不必客气。就是要不着，我终设法使你们够用。因为这款只有现在可以借口问他要。家中用途不宜过省。每月用卅元却好。母亲年老亦应当吃好一点，穿好一点。你可劝劝母亲说不要过省，不然我在外如何安心呢？决计不要忧没有钱，吴南如等一定可以替你们想法子。如若再没有法子的时候，我也可以回来的，不过白走一趟罢了。

  你可以趁这个时期中用一点功。你一定要进学堂的。所费亦不算多。你第一要选择你所最善长的功课，学习了可以使你独立。我想你学刺绣及图画一定是好的。刺绣要学那新式的刺绣，如绣花卉人物，山水之类。图画学了是最有乐趣的。再者图画与刺绣是有极大关系的，因为刺绣配颜色等一定要会图画的才会配得好。我想你于这两种课都是很善长的并且很欢喜的。这两样东西很有用处，你学好了这两样，你很可以自立了；那时你是一个独立的女子了。比较那种女子只做男子的附属品，要荣耀得多呵。你可以寻先生学习这两种功课，我想常州女学堂里一定有好先生。你不要怕费钱。要钱你可以对吴南如，张照德写信要。我现在正找报馆里的通信员之事，倘若找着了又可以有每月四五十元的进款。所以你们决计不要愁钱。除掉学习刺绣图画之外，你还要学一点普通常识，尤其对于如何教育子女，是要研究的。历史、地理、理科，是你应当懂一点的，国文只要多读新的白话文，可以多看小说如水浒、西游记、红楼梦等等。还要多看杂志与报纸，如妇女杂志、小说月报，常州局前街新群书社多有卖。后吴家大媳妇进学堂亦是很好，只不知那个学堂里刺绣图画好不好？你不要拿我的话忘记了，我希望我回来的时候，我学得很好，你也学得很好，那时我们多快活呵，那时我们应大家互相庆祝了。我希望能如此！

  我们现在离开是暂时的，是要想谋将来永远幸福，所以你我不必以为是一件可忧的事。我们应该在这时期中大家努力做，寻我们将来永远的幸福，这是一件何等快乐的事呵。我并没有一点忧愁，因为我有这个目的在心中，我希望你也能有同样的心思，一点不忧愁，只用心照我告诉你的用功去。母亲是很能看得开的,你再拿我这一番话说与母亲听,他老人家一定能不牵挂我的。你必要照我告诉你的做,我在外心才能安。我很感激你。我发誓我决不负你。你在家安心供养母亲,教育细蘋,自己照我的话用功。

我一路有信给你,到俄国后我时常有信家来,不要忧愁。家里有什么要紧事可写信与吴南如……
……

张太雷(1898—1927),原名曾让,字泰来,江苏武进人。中国共产党早期的重要领导人之一,忠诚的共产主义战士,无产阶级革命家,中国共产主义青年团的创始人之一和青年运动卓越领导人,广州起义的主要领导人。他壮烈牺牲在广州起义战场上时,年仅29岁。

1921年1月,张太雷受党派遣和委托,赴苏联伊尔库茨克共产国际东方局任中国科书记。行前，他给妻子陆静华写了这封信。此信几经周折，已残缺不全。他在信中阐明了一个共产党人视富贵如粪土的"富贵观"和"荣辱观"，认为大家一起努力，为中国的劳苦大众寻求永远的幸福，"这是一件何等快乐的事"。信中也表达了自己即将与妻子离别，对妻子的恋恋不舍与殷殷叮嘱。

给三哥、六哥的信

陈潭秋

三哥：
六哥：

　　流落了七八年的我,今天还能和你们通信,总算是万幸了。诸兄的情况我间接又间接的知道一点,可是知道有什么用处呢!老母去世的消息,我也早已听得也不怎样哀伤,反可怜老人去世迟了几年,如果早几年免受许多苦难呵!

　　我始终是萍踪浪迹,行止不定的人,几年来为生活南北奔驰,今天不知明天在那里,这样的生活,小孩子终成大累,所以决心将两个孩子送托外家抚养去了。两孩都活泼可爱,直妹本不舍离开他们,但又没有办法。直妹连年孕，产，乳，哺，也受累够了，十九年曾小产了一男孩，二十年又产一男孩，养到八个月又夭折了，现在又快要生产了。这次生产以后，我们也决定不养，准备送托人，不知六嫂添过孩子没有？如没有的话，是不是能接回去养？均望告知徐家三妹（经过龚表弟媳可以找到）。

再者我们希望诸兄及侄辈如有机会到武汉的话，可以不时去看望两个可怜的孩子，虽然外家对他们痛爱无以复加，可是童年就远离父母，终究是不幸啊！外家人口也重，经济也不充裕，又以两孩相累，我们殊感不安，所以希望两兄能不时的帮助一点布匹给两孩做单夹衣服（就是自己家里织的洋布或胶布好了）。我们这种无情的请求望两兄能允许。

家中情形请写告我校徐家三妹转来。八娘子及孩子们生活情况怎样？诸兄嫂侄辈情形如何？明格听说已搬回乡了，生活当然也很困苦的，但现在生活困苦，决不是一人一家的问题，已经成为最大多数人类的问题（除极少数人以外）了。

（我的状况可问徐家三妹）

弟澄上 二月二十二日

陈潭秋（1896—1943），原名陈澄，字云先，号潭秋，湖北黄冈人，伟大的无产阶级革命家，杰出的共产主义战士、中国共产党的创始人之一。1920年与董必武等人在武汉成立中国共产党早期组织。1921年7月出席中共一大。

这封家书是陈潭秋在1933年2月22日写给三哥陈春林和六哥陈伟如的。此时他任江苏省委秘书长，办公地点在上海大连湾，因此他和妻子徐全直工作与生活在上海。信中披露自己和妻子出于革命工作的需要，颠沛流离，居无定处，几乎舍弃了家庭的安稳与幸福，也表达了对无辜的孩子们，以及对孩子外婆家造成的连累而藏在心中的愧疚，体现了一个革命者为了劳苦大众的幸福，为了革命事业，甘愿忍痛割爱、牺牲自己一切的决心和情操。信中提到的"十九年""二十年"，是指民国十九年，即1930年；民国二十年，即1931年。"直妹"即妻子徐全直；"徐家三妹"指徐全直的三妹。

出于革命工作的需要,陈潭秋、徐全直夫妇曾忍痛把自己的两个孩子都送给别人抚养,却抚养了一位烈士留下的孤儿。1933年初夏,国民党反动派在上海疯狂搜捕和屠杀共产党人,党中央决定让陈潭秋撤离上海,转移到中央苏区。此时,陈潭秋的妻子徐全直已近临产期,只得暂时留在上海。不幸的是,徐全直将孩子生下后,遭叛徒出卖,落入了敌手,1934年1月被反动派杀害在南京雨花台。

1939年6月,陈潭秋奉命作为中共中央驻新疆代表和八路军驻新疆办事处负责人,在新疆开始工作。当时,长期盘踞新疆的是国民党军阀盛世才。在新疆的日子里,陈潭秋与明里高叫着"抗日",暗地里却尽耍花招、保存实力、不断破坏抗日民族统一战线的军阀进行了针锋相对的斗争。

到1942年,盛世才的两面派面目已经暴露出来,党中央为了陈潭秋等人的安全,就电告他们,尽早全部撤离新疆。当时,从新疆通往延安的道路已经被国民党封锁住了,只有先撤往苏联,才能绕道回到延安。陈潭秋和同志们制定了一个分三批撤退的计划,把自己列入最后一批。战友们希望他先撤离,他说:"党交给我的任务是把大家全部安全地撤出去,只要这里还有一个同志,我就不能走!"

1942年9月17日,反动军阀盛世才彻底撕下了伪装,以"督办请谈话"为名,把陈潭秋、毛泽民等一大批共产党人监禁了起来。陈潭秋和战友们在远离中央的戈壁上,在敌人地狱般的监狱里,经受了种种惨无人道的折磨,却始终坚贞不屈,断然拒绝了军阀要他们在"脱党声明"上签字的要求,表现出了共产党人大义凛然、忠贞不屈的崇高气节。

1943年9月27日,陈潭秋、毛泽民等人被敌人秘密地杀害了。烈士们的鲜血,染红了秋风萧瑟的北疆大地。当时,因为音讯隔绝,党中央无从知道他已经牺牲的消息。在他被杀害一年多之后召开的中共七大上,他仍被选为中央委员。这时候,烈士的鲜血,已经化作了北疆大地上盛开的马兰花,浇灌着天山脚下坚韧的红柳和芨芨草……

给大哥陈孟熙等的信(节选)

陈 毅

一

孟熙大哥如晤:

四月一日信悉。母亲拔牙获痊愈,闻讯极欣喜。程子健、周钦岳来开会,面告母亲情况,他们说母亲出院返家甚好。至慰至慰。兄来信说得更明白,弟更放心。兄以近晚年奉侍双亲,尽孝道,弟亦感激不尽。万望在双亲前多致安慰,使宽心静养,使寿更高,为祷为祝。德成侄儿应到农村锻炼,做到自食其力,他少爷气息太重,无吾家穷人要争气之概。至于如何安排望兄多加严督，不应再累公家。近三年灾情严重，遍及七省，也波及吾川。吾家靠公家照顾帮助才能渡过至今。今后仍有大困难要克服，要想到全国人民和重灾区人民的困难。这样对党政的照顾，便觉太过，不应不自足，也不仅致感谢，还要想办法，自力更生节约，千万千万告诫家中人等。……以上请转双亲放心，后代好老人应放心了。张茜冬间伤风多，近年身体好一些，正努力读英文，学习可佩。我身体平常，血压能保持正常，左腿患衰退症，常阵痛时发，正在医治中，唯工作太忙，要能抽空休息。均请转禀双亲释念。兄来信书法精妙，故弟写此信亦尽量减少潦草。习字是最好的运动和休养，望兄陪伴老亲，多于此努力。要季让暑期返川，兄才能去渝。弟今年难以离京，因外交事务太多。杨松青兄尚未见到，当择日去致谢。匆匆致问安好。请于双亲前问福安。请代问李钟两嫂安好，并子侄均好。德渝婚事由其自主，可以迟一二年，彼空军同志既要挑剔，便可不就，免上当。她毕业后自食其力非常好，何必急于就婚。如遇人不淑，岂不又是终身憾事。千万千万，小心小心。

弟媳张茜、胞弟仲弘手上
四月十日

二

孟熙大哥，季让、三姐、漱秋均鉴：

前访印尼、缅甸，归得讯知母亲去世。她老人家亦属福寿双全，是好结局，故弟反觉得春间返蓉见母一面亦属幸事。但要感谢你们数十年侍养之劳，今亦了一人生大事矣！父亲前望代请安，更望你们加意承欢。我明日访越南，五月底返京，能否返川不能预言，祈勿念！

我已遵嘱寄六百余元作母亲后事料理费，又每月寄六十元给父亲作开销。全国仍在克服困难中，希本此精神不再要省方补贴，至要至要。否则蒙格外照顾，于心不安，且难逃"五反"，希大哥、三弟、三姐、漱秋不要怪我。我一生都想努力克己、守纪律、不愿累公家,此是实言语也!能否做到多少尚待努力,不能以此自满也!

　　此次陪刘主席访印尼、缅、柬三国已毕,收获甚大,我及张茜均好。明日访越南,月底可返京。匆匆写此信,释念并祝
健康!
　　父亲面前代问安好致慰!

弟　仲弘手上
五月九日

　　陈毅(1901—1972),字仲弘,四川乐至人。无产阶级革命家、军事家、外交家,中国人民解放军的创建者和领导者之一,党和国家的卓越领导人,中华人民共和国开国元勋。1972年1月6日,因病在北京逝世。陈毅元帅虽然戎马一生,但从青年时代起就爱好文学,早年写过小说,后以诗词见长,逝世后由妻子张

茜整理编辑出版有《陈毅诗词选集》,其中《赣南游击词》(1936)、《梅岭三章》(1936)、《冬夜杂咏·青松》(1960)等篇什脍炙人口,已经成为不朽的经典名篇。陈毅还为至今传唱不衰的《新四军军歌》创作过初稿《十年》(1939)。

  这里选录了陈毅在1962年、1963年写给大哥陈孟熙的两封家书。第一封信写于1962年4月10日,陈孟熙当时任重庆市文史馆研究员等职。信中说到的程子健、周钦岳、杨松青,是当时四川省和重庆市的领导干部;"季让"即陈季让,陈毅的弟弟,当时任政协四川省委员会常务委员、副秘书长。张茜,陈毅的妻子;"德渝"即陈德渝,陈毅的侄女。第二封信是1963年5月9日写给大哥陈孟熙等人的,除了大哥和弟弟季让,"三姐"即陈世芳,陈毅的妹妹;"漱秋"即黄淑秋,陈毅的弟媳,季让的妻子。信中说到的"五反",疑为"三反"之误,是指在新中国成立初期,在中国共产党和国家机关内部开展的"三反"运动,即反贪污、反浪费、反官僚主义。

  还是在1950年,陈毅在上海担任市长的时候,组织上为了照顾他的父母,把他们接到了上海,他的妹妹也随同到了上海。当时,国家干部都实行"供给制"。为了减轻公家负担,陈毅就让到上海不久的妹妹自谋出路,并动员她报考职业学校。妹妹想找一个好一点的工作,希望哥哥给写个条子,打个"招呼",安排她上个大学。陈毅直言道:"这样的条子我不能写,这种招呼我也不能打,我是共产党的市长嘛,你有本事自己考,考不取就回四川。"

抗美援朝战争爆发后,身为华东军区司令员兼上海市市长的陈毅,公务繁忙,就托人把父母送回了老家四川,并对亲人们叮嘱了三条要求:一是把两位老人直接送到妹妹家,不要惊动四川省委;二是找一处普通的民房住下,不得伸手向国家机关要房子;三是安家事宜自行解决,不要给政府添麻烦。

1961年,陈毅的父母患病,当地的军区领导曾到陈家探望,并送去了一百元药费。陈毅得悉此事后,立即给老家的亲人写信,责怪说:"家中这样收下款很不应该。二老住在成都,在各方面已经够麻烦地方党、政、军务方面,因此,凡是自己可以解决的问题,就应该自己解决,尤其是目下国家财政比较困难,就更应自觉。"在1962年写给大哥的这一封信上,又再三叮嘱说,如果家里有人想向政府伸手要照顾,"望兄多加严督,不应再累公家"。

1963年5月,陈毅随国家主席刘少奇出访印尼、缅甸、柬埔寨三国后,又取道昆明,去越南访问。5月9日,他又给在老家的大哥陈孟熙等人写去一封家书。当时,陈毅得知母亲在老家病故,就如何办理母亲的后事,对自己的亲属做了恳切的嘱咐。

二十世纪六十年代,陈毅还给儿子丹淮、昊苏、小鲁和女儿珊珊等,写了不少家书,反复叮嘱孩子们,要严格要求和约束自己,"希望继续有进步,来回答父母及学校和党与人民的培养"。1961年7月,他在《示丹淮,并告昊苏、小鲁、小珊》一诗中,又谆谆叮嘱和教导子女们:"汝是党之子,革命是吾风。汝是无产者,勤俭是吾宗。……人民培养汝,报答立事功。祖国如有难,汝应作前锋。试看大风雪,独立有青松。又看耐严寒,篱边长忍冬。千锤百炼后,方见思想红。"

从这两封家书中,我们可以看到,在处理家庭私事上,陈毅为后人树立了一个共产党人"努力克己,严守纪律"的典范。

给女儿陈伟华的信

陈　云

南:

　　十二月八日信今天收到。我万分欢喜（不是十分，百分，千分而是万分）你要学习和看书了。咱家五个孩子中数你单纯幼稚。你虽然已开始工作，但还年轻，坚持下去，可以学到一些东西的，不过每天时间有限，要像你哥哥一样，每天挤时间学。

　　哲学是马列主义根本中的根本。这门科学是观察问题的观点（唯物论）和观察解决问题的办法（辩证法），随时随处都用得到，四卷毛选的文章，都贯彻着唯物论辩证法。

　　但是学习马列主义增加革命知识，不能单靠几篇哲学著作。我今天下午收到你信后想了一下，我认为你应该这样学。

①定一份参考消息（现在中央规中学教职员个人都能定），这可以知道世界大势（元元连看了十年了），不知世界革命的大事件，无法增加革命知识的。（定一份参考消息，每月只化五角钱，你应该单独定一份，免得被人拿走。

②每天看报。最好人民日报，如果只有北京日报也可以。报纸上可以看出中央的政策（一个时期的重点重复报导，即是党中央的政策）

只有既看日报，又看参考消息，才能知道国内国外的大势。这是政治上进步的必要基础。

③找一本中国近代史看看（从鸦片战争到解放），可能作者有某些观点是错误的，但可以看看近一百卅年的历史，没有历史知识就连毛选也看不懂。这种书家内客厅书柜中可能有。不要去看范文澜的古代史，这对你目前没有必要。

④找一本世界革命史看看，可能这本书很难找，我也没有见过这样一本书。如果找不到这本书，那

就看（一）马克思传（很难看懂，因有许多人名事件你都不知道的），但可看一个概略。这本书现在我处，北京可能买到。曹津生有这本书（我要阿伟看，她看不懂放下未看）（二）恩格斯传，这本书也在我处。北京可能买到，这本书容易看些。元元在十年前进北京医院割扁桃腺时就看了马克思传。（三）列宁传，这有两厚册，非卖品，我也带来江西，以后回京时你再看。

⑤马克思，恩格斯，列宁的著作很多，但我看来，只要十本到十五本就可以了。（一）共产党宣言是必须看的。（二）社会主义从空想到科学的发展，（三）资本论你看不懂，先找一本政治经济学，其中已把资本论的要点记出来了，（这本书客厅书柜中可能有）共产党宣言（在马恩全集第四卷）社会主义从空想到科学的发展（马恩全集廿一卷）马恩列斯的全集我去年离京时要津生为我买了一套共 182 元，可能全在阿伟房内或你楼上房内。

我上面说的书再加上每天参考消息和北京日报或人民日报，是够你看的了。

其他等我回北京时再谈。看来人大不是四月开就是七月开,我明年六月底一定回北京。

现在每星期下厂三四次,搞四好总评,但再去几次后,就不能下厂了,只能在家里(有暖气,已烧了)看书了。

我身体很好。其他人也很好。勿念。

爸:70.12.14日写明日进城拉水时投邮

陈云(1905—1995),江苏省青浦县人。伟大的无产阶级革命家、政治家,中国社会主义经济建设的开创者和奠基人之一,党和国家久经考验的卓越领导人,是以毛泽东同志为核心的党的第一代中央领导集体和以邓小平同志为核心的党的第二代中央领导集体的重要成员。新中国成立初期,陈云担任国家政务院副总理兼财经委员会主任;1978年12月中共十一届三中全会之后,陈云先后担任中共中央政治局常委、中共中央副主席、中央纪律检查委员会第一书记、国务院财政经济委员会主任、中央顾问委员会主任等领导职务。

在老一辈革命家当中,陈云一直被尊称为"红色掌柜"。新中国成立后,他多年分管共和国的财政工作。令人想不到的是,这位"红色掌柜"一生的积蓄,只有不足两万元的稿费。他明白,国家的钱、人民的钱,一分一厘都不能用在自己和家人身上。陈云的女儿陈伟华说过:"爸爸总是以如临深渊、如履薄冰的精神对待手中掌握的财经权力。"身为党和国家领导人,他一生过着两袖清风、一尘不染的朴素生活,也用清正和自律的家风,严格要求着全家人。

1949年6月19日,上海刚刚解放不久,陈云在写给一位老战友的孩子陆恺悌的一封信中,这样谆谆叮嘱说:"千万不可以革命功臣的子弟自居,切不要在家乡人面前有什么架子或者有越轨违法行动。"在这封信中,陈云还语重心长地写道:"我与你父亲既不是功臣,你们更不是功臣子弟。""你们必须安分守己,束身自爱,丝毫不得有违法行为。我第一次与你通信,就写了这一篇,似乎不客气,但我深觉我有责任告诫你们。"1983年春节，陈云惦记着革命烈士的后人们，特意邀请了瞿秋白、罗亦农、赵世炎、张太雷、郭亮等革命先烈的子女，到他家过年，跟叮嘱自己的孩子一样，殷殷叮嘱说："你们是革命的后代，是党的儿女。你们应当像自己的父辈那样，处处从党的利益出发，为了维护党的利益，不惜牺牲自己的一切。"

陈云在日常生活中处处节俭的好习惯，身边的工作人员都看在眼里，也深受感动。比如，陈云平时用的铅笔，一直要用到实在握不住了才换一支新的；他写便条，也很少用新的信笺，经常用的是台历的背面；陈云喜欢听苏州评弹，听评弹用的一个小录音机，已经用了很多年，修了又修，俨然一件"老古董"；他使用的一把刮胡刀，也整整用了60年。他也常提醒子女和身边的工作人员说："一件商品，到了消费者的手里时，看似很容易，可谁想过，它经过了多少道工序？它用了多少资源和能源？它又让劳动者付出了多少心血？……如果我们大家都能处处节约一点，这也是支援了国家建设。……浪费和贪污一样，都是犯罪。"

艰苦朴素的美德，节俭清廉的好家风，默默地影响着子女们的成长。当子女们先后都加入了中国共产党时,陈云更是经常提醒他们,艰苦朴素是共产党员的本色和优良传统,须臾不可忽视。陈云的子女们后来回忆说:"父亲没有给我们留下什么财产,也没有为世人留下一部回忆录,但他的思想精神、品格风范,却是令我们受用终身的宝贵财富。"

陈云曾给家人订下了一个严格的"三不准"原则:不准搭乘他的车子,不准接触他看的文件,不准随便进出他的办公室。这个"三不准"原则,是陈云家风的重要部分。

陈云的夫人和战友于若木,从来都是自己骑着自行车上下班,即使和陈云在一个单位时,也从没有搭过一次便车。有人问她,非得这样不可吗?是不是有点不太近人情了?于若木回答得简单又干脆:"我们的家风有一个特点,就是以普通的劳动者自居,以普通的机关干部标准严格要求自己,不搞特殊化。"陈云还特别交代和叮嘱,孩子们上下学,决不许用车接送,不许搞特殊化,必须让孩子们从小就像一般人家的子女一样学习和生活,学会自立,学会用自己的奋斗去换来快乐和幸福。

1968年，陈云的小女儿伟兰从解放军艺术学院毕业后，被分配到了西藏工作。当时，西藏的条件异常艰苦，很多人都望而却步。有的战友给伟兰出"主意"："你可以试试让你父亲跟有关方面打个招呼，也许你就不用去西藏了。"结果，还没等伟兰把话说完，陈云就神色严肃地说道："你觉得我能给你去打这个招呼吗？别人都能去，你也应该去！"接着，他又鼓励伟兰说，"再大的困难也不要害怕，别人能干，你也能干。"

陈云说过："一个人最愉快的事，就是参加革命，为人民的利益而斗争。"他还经常教导身边的人和党员干部们说："我们是党员，在党的领导下，适合老百姓的要求，做了一点事，如此而已，一点不能骄傲。"从这些朴实的话语里，我们看到了老一辈革命家和共产党人的高风亮节和崇高美德。

上文选录的这封家书，是陈云在1970年12月14日写给次女陈伟华的。信中的"南"即陈伟华；"元元"即陈元，陈云的儿子；"阿伟"即陈云的长女陈伟力。还需要说明的是，原信中个别地方有漏字或别字，该加书名号的地方也没有加，本书均依照书信原样呈现。

写这封信时，党和国家正处在一个痛苦的特殊时期，陈云被下放到江西南昌青云谱劳动。所以书信末尾有"明日进城拉水时投邮"的字样。虽然处在人生的低谷时期，但是陈云对党和国家的未来仍然满怀希望和信心，对年轻一代的成长和进步仍然给予殷切的关注和期望。这封信主要是在指导女儿伟华如何正确地读书学习。例如，他希望女儿（当然也包括像女儿这个年龄的新一代青少年），要多读一些马克思、恩格斯、列宁和毛主席的著作，多读一些中国和世界的革命史方面的书，多读几本像马克思这样的伟人的传记；还应该多关心国内外的发展大势、关心时事，并且追求政治上的进步。在信中，他还谆谆教导伟华，"要像你哥哥一样，每天挤时间学"；他鼓励伟华，只要能坚持下去，就会积少成多，学到一些东西。

陈伟华中学毕业后被分配到北京郊区怀柔县辛营公社当乡村小学教师。有一次，伟华因为想家，没向学校请假，就冒着雨回家了。陈云知道后，严厉地批评了她，让她立即赶回去。他告诉伟华说，你虽是领导干部的子女，但在工作中不能有任何特殊化；你出身在国家干部家庭，觉悟应该更高，更应该安心在农村教书育人。

1977年，全国恢复高考招生制度的消息传来，伟华埋头复习备考，凭着自己的刻苦努力，顺利考上了北京师范大学历史系。大学毕业后，她被分配到国家机关工作。可是就在这时，陈云从报纸上看到，全国的师范学院招生遇到了困难，其中一个原因就是，中小学教师的待遇普遍很低，没有多少人愿意报考师范专业。陈云了解到这些情况后，忧心忡忡，为此专门向有关部门提出，要提高中小学教师的待遇，切实解决他们在住房等方面的实际困难，"使教师成为最受人尊重、最令人羡慕的职业之一"。伟华回忆说：为了给社会起带头作用，她父亲有意让她"归队"，到学校去当一名普通的教员，不要进入国家机关。"恰巧我也难舍三尺讲台，留恋师生情谊，还想回到教学第一线，这样，我于1985年回到了自己的母校——北师大女附中，成为一名历史教师。"当伟华把自己重返中学讲台的消息告诉父亲时，陈云特别高兴，打心眼里赞成伟华的选择，连声说："太好了，太好了，我举双手赞成！"

给妻子邓颖超的信

周恩来

一

超:

西子湖边飞来红叶,竟未能迅速回报,有负你的雅意。忙不能做借口,这次也并未忘怀,只是懒罪该打。你们行后,我并不觉得忙。只天津一日行,忙得不亦乐乎,熟人碰见不少。恰巧张伯苓先一日逝去,我曾去吊唁。他留了遗嘱。我在他的家属亲朋中,说了他的功罪。吊后偕黄敬等往南大、南中一游。下午,出席了两个干部会讲话,并往述厂、愚如家与几个老同学一叙。晚间在黄敬家小聚,夜车回京。除此事可告外，其他在京三周生活照旧无变化，惟本周连看了三次电影，其中以《两家春》为最好，你过沪时可一看。南方来人及开文来电均说你病中调养得很好，颇慰。期满归来，海棠桃李均将盛装笑迎主人了。连日风大，不能郊游，我镇日在家。今日苏联大夫来检查，一切如恒。顺问朱、董、张、康等同志好。

祝你日健！

周恩来

一九五一．三．一七

二

超：

你的来信收阅，感你的好意和诤言。现将来信捎回，免得失落。有这一次教训，我当更加谨慎，更加努力。文仗如武仗，不能无危险，也不能打无准备的仗，一切当从多方考虑，经过集体商决而后行。望你放心。再见。

周恩来

一九五五.四.一二

三

超：

　　等了几天没接到你来电话，今午听说你又病了，甚为惦念。明日当与你通话，希望你能提早回京。我大约可迟到二十三日再走。这几天为报告忙起来了，而国内外又有些文电和事情要办，睡眠便又少了起来。现已夜深，听说明午琮英去穗，写此短笺，聊表怀念。"三八"之日虽未通话，却签了一个贺片，而且还是三十年前的笔名，你看了也许引起一些回忆。老了，总不免有些回忆。但是这个时代总是要求我们多向前看，多为后代着想，多向青年学习。偶一不注意，便有落后的危险，还得再鼓干劲，前进再前进啊！

　　问好。

翔　宇

一九五九年三月十八日夜

❖ ❖ ❖

周恩来(1898—1976)，字翔宇，别名伍豪、少山、冠生等。祖籍浙江绍兴，出生于江苏淮安。伟大的马克思主义者，伟大的无产阶级革命家、政治家、军事家、外交家，党和国家主要领导人之一，中国人民解放军主要创建人之一，中华人民共和国的开国元勋，是以毛泽东同志为核心的党的第一代中央领导集体的重要成员。

这里选录了周恩来在新中国诞生后写给妻子邓颖超的三封家书。

第一封信写于1951年3月17日。当时邓颖超正在杭州。信中提到的张伯苓是周恩来就读的南开学校的创始人。黄敬时任中共天津市委书记、天津市市长。"述厂""愚如"，即潘世纶、李愚如夫妇，二人和周恩来皆为当年的革命团体"觉悟社"社员，潘还是周恩来在南开学校时的同学。"开文"即潘开文，当时是中共中央办公厅机要室副主任兼朱德的秘书。"朱、董、张、康"分别是朱德、董必武、张晓梅、康克清。从这封信里，我们一方面能感受到新中国成立初期,周恩来日理万机的忙碌状态,同时也看到了周恩来与邓颖超互敬互爱、彼此惦念的深厚情意,以及两人之间在鸿雁传书中流露出来的生活雅趣和"小浪漫"。例如:"西子湖边飞来红叶,竟未能迅速回报,有负你的雅意。""期满归来,海棠桃李均将盛装笑迎主人了。"周恩来从青年到中年,都写过不少诗歌,心中有雅致的诗意,在书信中也不经意流露出来。

第二封信写于1955年4月12日。当时,周恩来总理正率领中国政府代表团,前往出席亚非会议。4月11日,美蒋特务为了谋害以周恩来为首的中国政府代表团人员,在中国代表团租用的印度航空公司的"克什米尔公主号"飞机上,放置了定时炸弹。飞机在从香港飞往印度尼西亚的途中爆炸,同机的中国和越南政府代表团工作人员以及随同前往的中外记者共有11人,全部遇难。周恩来因故没有乘坐这架飞机,美蒋特务谋害他的阴谋才未得逞。邓颖超得知消息后,颇为担心,写信给周恩来,让他千万小心,注意安全。所以信中有"感你的好意和诤言"。从这封信里,我们既感受到了这对恩爱夫妻、革命战友之间的彼此牵挂与互相鼓励,也看到了周恩来作为革命家和开国总理的大智、大勇和大无畏的气概。书信虽短,却字字千钧,情深意长。

第三封信写于1959年3月18日。信中说到的"报告",指的是周总理正在为即将召开的第二届全国人民代表大会第一次会议准备的《政府工作报告》。"琮英"即陈琮英,任弼时的夫人。书信落款的"翔宇",是周恩来的字。在这封信里,周总理得知夫人又病了,表达了自己的惦念和慰问。从几个细节里,我们也不难想象总理日理万机的繁忙的工作状态:"现已夜深",说明他深夜还在工作;忙碌之中,还不忘给夫人寄去一张祝贺节日的明信片,还有意用了"三十年前的笔名",意在唤起夫人一些青春的回忆;最后又与夫人互相勉励:"多向前看,多为后代着想,多向青年学习。""还得再鼓干劲,前进再前进啊!"这封信今天读来,仍然能让人感到明亮、温暖的励志光芒。

周总理毕生都在全心全意为人民服务,为国家、为民族鞠躬尽瘁,一直奋斗到生命的最后一息。

熟悉周总理的人都知道,他衣服胸前的口袋上方,总是佩戴着一枚长方形的写着"为人民服务"的小徽章。他常对身边的人说:"每位共产党员都是人民的勤务员,就是我这个总理也不例外。"周总理平时对自己的一言一行要求十分严格,任何时候都非常讲究廉洁奉公,不私自占用国家的一丝一毫。

有一个深秋的夜晚,周总理在北京饭店举行招待宴会。宴会结束时,司机老杨看见服务员抱着一些从宴会桌上撤下来的鲜花,就想到总理的夫人邓大姐很喜欢鲜花,就要了一束放在了车上。回家的路上,坐在车里的周总理忽然闻到一阵芳香,回头一看,见后面放着一束鲜花,便问是怎么回事。老杨说明情况后,周总理拿起那束鲜花,看了看,然后说:"公家的东西,不能随便要、随便拿,你一定要把它还给饭店!"说完,他看了一下手表,又补充一句,"今天已经很晚了,那等明天还给人家吧!"

还有一次,周总理乘车去全国政协礼堂开会,司机不慎违反了交通规则。认真负责的交通民警拦住了司机,批评了好长时间,眼看要耽误开会了,车上的一位干部想去和民警交涉，周总理马上制止说："这怎么行？交通规则是政府颁布的，政府总理应带头遵守。总理不遵守，就是带头破坏制度。"一直等到司机承认了错误，警察放行，周总理的车子才得以离开。此后，周总理常常叮嘱司机，不能违反交通规则，说："不要以为我是总理，就可以特殊，可以违章。"

不占公家便宜，不搞特殊化，是周总理一贯的清廉作风。早在新中国成立之初，因为老家的不少亲友想要谋求一官半职，周总理曾专门召开家庭会议，定下了"十条家规"：一、晚辈不准丢下工作专程来看望他，只能在出差顺路时来看看；二、来者一律住国务院招待所；三、一律到食堂排队买饭菜，有工作的自己买饭菜票，没工作的由总理代付伙食费；四、看戏以家属身份买票入场，不得用招待券；五、不许请客送礼；六、不许动用公家的汽车；七、凡个人生活上能做的事，不要别人代办；八、生活要艰苦朴素；九、在任何场合都不要说出与总理的关系，不要炫耀自己；十、不谋私利，不搞特殊化。

给堂嫂陈桂英的信

贺 龙

桂英姐：

你的来信我收到了，看了你的照片，你确实老了。你这一生可以说完全是靠辛勤劳动过日子。这正是你的美德。桂如侄儿虽为革命牺牲，但是他的血没有白流，而换取了今天中国革命的胜利，你是很光荣的。我已写信告桑植县政府，证明你是烈属。兹逢楚才回家之便，特函致复，并寄上我的照片一张及我全家照片一张，仅缺大女儿捷生一人，给你留念。

祝你健康！

贺 龙

一九五一年二月十八日

贺龙（1896—1969），原名贺文常，字云卿，湖南桑植人。久经考验的无产阶级革命家、军事家，党和国家的卓越领导人，中国人民解放军的创始人之一。中华人民共和国成立后，曾任国务院副总理和中央军委副主席等职。1955年被授予中华人民共和国元帅军衔。

这里选录的是贺龙1951年2月18日写给自己的堂嫂、贺桂如烈士的母亲陈桂英老人的一封信。信中的"桂如"即贺桂如，贺龙的堂侄，早年跟随贺龙参加南昌起义，起义后加入中国工农红军，担任红军第四军（湘鄂西）第一团团长，1929年秋在战斗中英勇牺牲。信中的"楚才"即向楚才，贺龙的外甥。

在这封信中，贺龙对烈士母亲深明大义、"靠辛勤劳动过日子"的美德，给予了无限的敬重和赞美，并安慰烈士的母亲说，正是有了贺桂如这样为革命牺牲的先烈们的奋斗，才有了今天的中国革命的胜利。信中还附上自己和家人的照片，慰藉亲人，字里行间也流淌着一位革命家朴素和真挚的亲情。

贺龙毕生对共产党、对劳苦大众充满了深厚的感情。说到当年他参加南昌起义,并脱离国民党而加入中国共产党,那真是一段曲折的故事。

1927年7月下旬的一天,云雾弥漫的九江甘棠湖上,一只小筏子静静地漂荡着。小筏子上坐着叶挺、叶剑英、贺龙等人,他们面色凝重,心如潮涌。当时,蒋介石已经背叛了革命,汪精卫也向共产党人举起了屠刀。中共中央决定在南昌举行起义,以武装斗争来挽救革命。汪精卫为了消灭共产党,7月22日从武汉到了庐山,策划反共的会议,并指令贺龙、叶挺到庐山开会,要他们将队伍集中在江西德安,以便随时听候调遣。于是,共产党人叶挺、叶剑英特意约贺龙到甘棠湖划船,就是为了商量对策。

当时,两条鲜明的道路摆在年轻的贺龙面前:跟着国民党走,立即就可以得到地位、权势、金钱;跟着共产党走,等待着他的也许将是艰难困苦、流血牺牲。到底谁更值得信赖呢?贺龙在多年的经历中早已看得分明。

早在1920年下半年，有个叫花汉如的青年向他讲述了社会主义的理论，他就一直想寻找这样的党。后来，共产党员周逸群带领宣传队来到他的部队，向他详细地宣传了共产党的主张，他就更加信仰共产主义了，多次要求加入共产党。现在，党决定举行武装起义，救国救民，他怎能不竭诚拥护呢？

叶挺、叶剑英分析了国共两党的斗争形势后，便问贺龙："去不去庐山？"贺龙斩钉截铁地说："不去！"叶挺、叶剑英又问他："队伍要不要到德安集中？""不去！"贺龙毫不犹豫地一挥手，"我们直接开到南昌！"在风雨如晦、险象丛生的时刻，贺龙毅然决然地选择了跟着共产党走。

部队一到南昌，周恩来便找贺龙谈话，告诉他前委的起义计划，征求他的意见。贺龙一听，立即说："很好，我完全听共产党的！党叫我怎么干，我就怎么干，起义无论成功还是失败，我都毫不犹豫！"他当即接受党的任命，担任了起义军的总指挥。

南昌起义之后，主力部队南下受挫，革命形势急转直下，党处在了最危险的关头。看到捞不到好处，还面临杀头的危险,有人胆怯了,逃跑了,还有人甚至背叛了革命。正是这个时候,贺龙在江西瑞金的一所学校里,面对鲜红的党旗庄严地举起右手,握拳,向共产党立下了铁骨铮铮的誓言。

在这之前,贺龙曾多次向自己的战友周逸群提出加入共产党的要求,周逸群把这一要求报告给了周恩来。在瑞金,周恩来就把这一要求提到前委会议上讨论。讨论结果是一致同意批准吸收贺龙加入中国共产党。介绍人周逸群、谭平山立即找贺龙谈话说:祝贺你!从今天起,你就是一名光荣的共产党党员了!前委并要我们帮助你,教育你,一个人参加了共产党,就等于把一切都交给了党,就要为共产主义崇高事业奋斗终生,不管在任何艰险的情况下都要永不叛党,都要英勇奋斗,都要执行党的决议。在后来的日子里,贺龙时刻牢记着自己的誓言,把解放劳苦大众的重担挑在了肩上。

1942年,在延安中央党校纪念八一南昌起义15周年的大会上,贺龙曾发自肺腑地说过这样一番话:"当我弄清楚,要革命就要跟着共产党走时,我就要求参加党,党为了考验我,培养我,整整有三个年头,一直到'八一'起义后,党才批准我参加。由此可见,当一个中国共产党党员是很不容易的,是要经得起考验的,而且参加党之后更要经得起党的长期考验,决不是一参加之后,就万事大吉了,就不再要党的考验了。"在场的人听了这番话,都深受感动。贺龙用自己忠诚的一生,践行了在鲜红的党旗前许下的庄严誓言。

给弟媳葛季膺的信

恽代英

季膺妹：

五月廿日信由强弟转来，不觉回环读了几遍，心胸中自然充满了快感。我初虑强弟或仍不免于结旧式婚姻，又虑强弟交游太狭，或不能得理想的配偶。今读妹此函，吾诚不自觉的以手加额为我强弟庆。以我知强弟之深，亦复不自觉的为妹庆也。

来函云在杨效春房间得一相见，我犹能忆之。对我奖辞，容有过当。所谈志愿性行，我实无任敬佩。强弟能得如此良友，如此畏友，终身作伴，料应朋辈当妒杀耳！迟婚实有利益。我辈老父既因我决于独身，诚不能无早望强弟成婚之念，但为人慈和通达，终不十分相强。我已将妹函附于家禀转寄老父，我意读此函后，当能感恍然如见佳儿妇之乐，更可以不复念念于怀也。

人家说："结婚是爱情的坟墓。"我料强弟及妹，能均葆持今日志行，必可免于此状。普通结婚后所生的坏影响，一是男女性情不平和谅让，二是每因经济上彼此计较发生意见，三是只知恋爱别无正当志愿，及彼此间尊重人格的思想。这均非强弟及妹所有的情形。我因此不能不祝你们的"爱"的前途无量。

我因颇欲以一日之长谋社会的根本改造，故不欲以儿女之事自累。然近来以个人债累（由于以前经营书社工厂失败的结果）仍不能不稍为金钱束缚行动。本年以到成都之便，遂任高师教育学一席，我极无意模仿学者，纵偶有独见，此终觉非分也。现友人约到上海大学任总务长一席，我已以支款了结宿债为条件，决定承诺与否。但八月间总须到沪一行，下半年事现仍不能自决。不过据友人来函，上海大学任教多一时畏友，苟稍经营可为一般改造同志驻足讲学储能之处，故颇重视之也。我约十日后离此。

我亦欲与强弟协力担负，使老父稍息仔肩。但年来偏责强弟的稍多，即将来遇艰危转徙之际，或仍不能免此。唯愿机会较佳时，我终可分任若干也。我们终久当移家江南，若能以将来弟妹结婚的小家庭为基础，然后移家，则自可免于许多旧家庭恶习也。好在家父既不守旧，一庶母年幼而无恶性质，将来可使以工艺自给，一妹则强弟抚视教化之，可信家庭中亦无难处事也。

我视家如旅社，然正好助弟妹等建立自然而有幸福的家庭。我决不欲吾弟吾妹为家庭而损害恋爱的幸福。我将来可以为你们的高等顾问也。一笑！

我能与我的弟妇如此絮谈，殊为有味。然吾妹实不仅我的弟妇，一方实系我的朋友，我们仍愿在品行学业上，互相切磋敦励。我望吾妹无论何时，均不因我为夫兄而有许多委曲隐讳。吾妹为我挚爱之强弟的爱人，在吾心胸中比之视吾康妹（在南高附小的）还十分亲切。所以我很不愿无论何时，吾弟或吾妹有因家庭而忍受委曲隐讳的痛苦的地方。果有此等地方，我必尽力为之救正。此皆出于至诚,强弟必深信我,而预料吾妹亦必深信我也。

代　英

六月十九日

恽代英(1895—1931),字子毅,祖籍江苏武进,出生于湖北武昌。伟大的无产阶级革命家、理论家和宣传家,中国共产主义运动先驱,中国共产党创建时期的重要领导人。

五四运动的爆发,给当时许多追求民主和进步的青年带来了暴风骤雨般的精神洗礼。在这场运动中,恽代英与陈潭秋、施洋等进步青年结成了志同道合的战友,成为当时学生运动的领导者之一。

1919年至1921年,他在湖北筹备创办"利群书社"和"共存社",团结进步青年。1921年,中国共产党成立后,由邓中夏介绍,恽代英加入了中国共产党。

1923年夏在上海大学任教,同年任中国社会主义青年团中央执委会候补委员、宣传部主任。由他创办并主编的《中国青年》，对当时和后来的中国青年一代影响深远。

这封家书是恽代英在1923年6月19日写给弟媳葛季膺的。"强弟"即恽子强，恽代英的弟弟，抗日战争时期参加新四军，后在延安军工局和自然科学院工作。中华人民共和国成立后曾任中国科学院学部委员。恽代英在此信中披露了自己"欲以一日之长谋社会的根本改造，故不欲以儿女之事自累"的心志，也对弟弟弟媳在当下和未来的生活给了自己的建议并给予鼓励。

1927年，恽代英参与领导了南昌起义和广州起义。党的"六大"以后，恽代英任中共中央宣传部秘书长，主编中央刊物《红旗》，后又任中共中央组织部秘书长。

恽代英和妻子沈葆秀志同道合，伉俪情深。可是结婚不久，妻子就不幸因难产而亡故了。妻子去世时，姨妹沈葆英才12岁，恽代英经常给她补习功课，后来又鼓励她深入工农大众，参加生产劳动，去切身体会"劳工神圣"的真理。在为亡妻"守义"满十年后,在党组织的建议下,沈葆英和自己一直很崇拜的姐夫恽代英结合了。

这时候的恽代英已经是一位职业革命家,随时都有被敌人抓走的危险。他风趣地对妻子沈葆英说:"你现在跟着我,会经常担惊受怕的,革命者都是十分清贫的,没有固定收入,也没有固定住房,什么都没有,只有一颗火热的心,只有一个伟大的信念……这就是我们的革命生涯。"沈葆英望着坚毅乐观的丈夫,坚定地说:"只要有你们在,有革命在,我也什么也不怕!"

广州起义失败后,恽代英到了香港。1928年初春,沈葆英经上海搭船也到了香港。他们选择了一个僻静的地方,租了一间老百姓的房子,夜以继日地为党工作。有一天傍晚,恽代英不在家,党组织正在他家开会。突然,门外响起了急促的敲门声。沈葆英还来不及通知开会的同志,房东已打开了门,巡捕们叫嚷着涌了进来,逮捕了开会的同志。因为沈葆英的打扮和机智的表现,巡捕误认为她是乡下来的仆人，就放过了她。等巡捕们一离去，沈葆英马上收回放在窗台上的一串作为暗号的红辣椒，表示这里出了事，然后迅速出去通知恽代英。恽代英安慰道："革命是免不了风险，免不了牺牲的，要受得住考验。我还以为你也被捕了的。你却巧妙地掩蔽了自己，这就叫机智。"

当时，党的经费常常中断，恽代英夫妇的经济很拮据，常常为衣食发愁，生活十分艰辛。看到本来就患有肺病的恽代英身体更加消瘦了，沈葆英很是心疼。但是恽代英却乐观地对沈葆英说："我们革命者视王侯如粪土，把富贵当浮云。我们不怕穷，也不怕苦，安贫乐道。这个'道'，就是革命的理想。为了实现它而斗争，就是最大的快乐！"

1930年，白色恐怖笼罩着上海，当施洋、彭湃等和恽代英一起战斗过的熟悉的战友一个个被捕、牺牲的时候，恽代英无所畏惧地毅然来到上海，主持沪东区委的工作。恽代英是国民党反动派一直切齿痛恨的共产党人，早在黄埔军校时期，恽代英就被蒋介石定为"黄埔四凶"之一，现在更是被作为重点搜捕的对象。

1930年5月6日，恽代英在上海被国民党当局逮捕。起初，敌人并不知道他们逮捕的这个人就是共产党在上海的高级干部恽代英，而只是把他当成一般的"共党分子"，判了5年徒刑。

1931年4月，时任中共中央特科负责人的顾顺章叛变了革命，向敌人指认了恽代英的真实身份。在狱中，恽代英面对敌人的威逼利诱，威武不屈，表现出了一个革命者的坚贞气节。敌人害怕夜长梦多，就在4月29日，把恽代英秘密押往了刑场……

在生命最后的时刻，恽代英神色坦然，昂首挺胸，高声唱完了《国际歌》，然后高呼着口号，英勇就义了，年仅36岁。

"浪迹江湖数旧游，故人生死各千秋。已拚忧患寻常事，留得豪情作楚囚。"这是恽代英烈士写的一首《狱中诗》。诗中抒发了自己投身革命、至死不悔的满腔豪情。

给儿媳徐乾、孙女徐禹强的信

徐特立

一

徐乾：

我为什么这样对你多心自找麻烦呢？我不是以你为不行，而是认为你有极远大的前途。可以文化太低，政治理论没有，又处在被多数党员推尊你的环境，你的缺点不会被人发现，因为你还不负解决政治的责任，不会犯政治上的错误。一天环境变化，你也有可能做妇女中的负责工作，尤其是与有学识经验的人们斗争，就会发现自己的不足。我每一分钟都发现自己学问不够，写文章不敢下笔，过去替解放报写文章半日可写一篇，现在一月还写不出一篇。我读书和工作整个五十年了，还只一个半通，你比之我还有一个距离，但你的学习机会百倍于我。我希望你从今日起把学习列为正式时间，不缺一分一秒，但可把时间减到最少，哪怕一日从一刻到半点钟，只要有恒，一经决定决不中断，把它当作吃饭睡觉，除非有病决不间断。你在一月就决定写日记，你试查你的日记，在这五个月中读了多少时间的政治书，你一查就会知道在学习上无计划性。我认为你应该下最后的决心，学一个字即是一个恒字，你是否还能进步到应到可能到的地步，是靠你自己下决心，兼能接受他人的批评。我完全没有把你当一个没有远大前途的人，如果是这样看你，我也就不必这样多心。我已感觉不易向你进言，所以言词特别严厉，听否与我无关，还是你的问题。

特　立
一九四四. 六. 二日

二

禹强孙儿：

去年十一月收到你写的信，信上的字写得很端正，文章也写得清楚。小孩子要规矩还要活泼，你这样规矩是很好的，但需要唱和跳，需要做学校和家庭中能做的整理清洁工作，念书不要过劳。我家还是穷苦，饮食恐有营养不足，希望节省一切别的用费。你和你的祖母的饮食我很关心，目前时局没有安定我不能回家，寄钱也困难。时局好转的时候或者你们到我这里来，或者我回家，到那时再看。

我今年七十一岁，你的祖母已七十岁，你的父母也不在家，都是由于时局不好不能住在一起，希望你对你的祖母多亲近一些。我只能写一空信给你，没有办法寄东西，但时刻记念着你们。完了。

民国三十六年二月十五日　特立

❖ ❖ ❖

徐特立(1877—1968),又名徐立华,字师陶,湖南善化(今属长沙市)人。杰出的无产阶级革命家、教育家。早年做过毛泽东、田汉等人的老师。参加长征之后到达延安,被尊称为"延安五老"之一。

第一封信是1944年6月2日写给儿媳徐乾的。徐乾,原名刘萃英,1933年与徐特立的小儿子徐厚本结婚。1936年,刘萃英生下女儿徐禹强(小名玉儿)。1938年春,在徐特立的支持、鼓励下,刘萃英和丈夫一起赶赴延安,在陕北公学学习6个月后毕业,和丈夫一起被组织上派回湖南工作。不幸的是,丈夫徐厚本染病去世。后来,徐特立为儿媳改名徐乾。古人有云:"君子终日乾乾",乾,有坚强、顽健的意思。徐老写这封信时,徐乾正在延安杨家岭生产合作社负责棉花和棉纱的收购工作。徐老在信中以自己的学习和工作心得为例子,对儿媳今后的学习给出了一些建议和鼓励,希望她在学习上要有恒心和耐力。信中说到的"解放报",指延安时期中共中央的机关报《解放日报》。

第二封信是1947年2月15日写给孙女徐禹强的。徐禹强当时正和祖母熊立诚、姑母徐陌青等住在湖南长沙县五美乡。信中说到"你的父母也不在家",是指徐禹强的父亲徐厚本已于1938年夏在长沙病故,但此事一直瞒着徐禹强的祖母。徐禹强的母亲徐乾,当时在延安为徐特立做秘书工作。信中徐特立对晚辈的成长,尤其是养成艰苦奋斗、勤俭生活的美德,提出了自己的建议和要求,言辞谆谆。

徐特立是毛泽东青年时代的老师,也被毛泽东赞誉为"坚强的老战士"。1947年,在为徐老庆贺70寿辰时,毛泽东亲笔题词"坚强的老战士";朱德总司令也题词"当今一圣人"。

徐特立早年在长沙教书,毛泽东、蔡和森、李维汉、田汉等人都是他的学生。1937年,毛泽东在给徐特立60岁寿辰的祝贺信中写道:"你是我二十年前的先生,你现在仍然是我的先生,你将来必定还是我的先生。当革命失败的时候,许多共产党员离开了共产党,有些甚至跑到敌人那边去了,你却在一九二七年秋天加入共产党,而且取的态度是十分积极的。"

1927年,蒋介石背叛革命,疯狂屠杀共产党人,白色恐怖笼罩着全国各地。5月21日,长沙发生"马日事变",不到一个月的时间里,长沙附近就有一万多名共产党员和革命群众惨遭杀害,革命事业受到严重危害。就在这个时候,徐特立却找到了过去的学生、中共湖南省委负责人李维汉,义无反顾地加入了中国共产党,决心和工农大众站在一起,一头扎进了党和人民的事业中。

有人认为他这是"提着脑袋"加入共产党,就问他:"革命已经失败了,你还来这里干什么?"徐特立坚定地说:"正因为革命失败了,我们才得干,逃跑算什么!"

南昌起义爆发后,年过半百、从教半生的徐特立被选为革命委员会委员、起义军第二十军三师党代表兼政治部主任,随部队一路血战到赣南。1930年,在敌人的重重封锁和包围中,徐特立在立脚不久的中央革命根据地开创了工农苏维埃教育,领导创办了苏维埃大学、师范学校、农业学校等各类学校以及各种夜班和培训班。

1934年10月,中央红军被迫开始二万五千里长征,57岁的徐特立是行军队伍中最年长的一位。中央念他年高,特意配给了他一匹马。但是徐老常把这匹马让给有病的或者身体虚弱的同志去骑,他自己终日走路,从江西到延安的整个行程中,他骑马的时间是很少的。不但如此,他的衣服破了,就自己缝补,鞋子坏了,就自己制作。他笑着对人说:"长征虽然辛苦,但我在路上学好了一门缝纫的手艺,今后如果找不到缝纫工人,也不愁没有衣穿了!"长征的路上困难重重,甚至只能吃树皮、草根。徐老一路吃过的草有几十种。有时晚上没有歇宿的地方,就只好睡在露天的雪地上。徐老与英勇善战的将士们一样经受着考验和锻炼,大家都称赞他是长征路上的老英雄,他以自己的行动,给党员和战士们"写"了一部"没有字的教科书"。

徐特立一生为人正直,在生活上更是非常简单、朴素。他经常穿的是粗布衣裳,吃的是粗茶淡饭,毫不讲究华美。因此,常常被人误会,闹出一些可笑的故事，而传为美谈。1937年冬天，徐老由延安到了长沙八路军办事处。当时湖南国民党的省政府主席设宴欢迎徐老。徐老按时前往，因寒雨连绵的严冬没有别的御寒衣服，就披上一件本是伤兵穿的黄布棉外衣。他走到省府传达室，说明要见主席。省府传达室工友见他穿了一套伤兵服装，既未乘车，又未带名片，不像什么重要人物，拒不传达，并说："主席今天正在欢迎十八集团军的中共代表，无暇会客。"便转身不理睬了。

  徐老见状，只好返回办事处。宴会开始时间快到了，主席不见徐老来，甚为焦急，于是派人去八路军办事处催请，才知道此事的经过。后来，他们把徐老迎来，举行了宴会。徐老常说："俭朴生活，不但可使精神愉快，而且可以培养革命品质。"在这一点上，作为一位"老革命"，他为当时和后来的共产党人都作出了榜样。

给侄女彭梅魁的信

彭德怀

一

梅魁：

　　我于昨晚到达成都。今天搬进了一座小院，地址永兴巷七号。来信照此地址寄出无误。

　　我计划用闲散时间了解一下市场情况，听听汇报，了解三线建设情况。然后再到三线建设的各个地方去转一转，了解工厂、矿山、水电站以及诸如资源等情况。如有可能，将顺便到长征走过的地方和旧战场看看。一路身体很好，不必挂念。

清　宗
一九六五年十二月一日

二

梅魁：

　　我在这里尚可，不必挂念。我即将外出了解情况，掌握第一手材料。属于我的时间已经不多了，实在遗憾，我将珍惜时间，以慰晚年。

　　来信谈起"学习《反对自由主义》一文的体会"很好，我将引以为戒。你不必为我担心，要料理好家务，用心培养孩子，不要为我影响工作。切切！

清　宗

一九六五年十二月十日

三

梅魁：

　　收到了你给我的毛巾浴衣，穿着合适，但很难过。你由成都回京时要给你买张卧铺票，你硬是不肯。你家七口人生活，收入一百三十元，人均十八元，我的生活比你们好，可是你在克己奉我。今寄浴衣钱三十元,一定收下。

我一切如常,很快要外出了解情况,你暂不要回信。我返蓉后,定写信告之。

清　宗
一九六六年二月六日

彭德怀(1898—1974),原名彭德华,号石穿,湖南湘潭人。中国共产党优秀党员,德高望重的无产阶级革命家、政治家、军事家,党、国家和军队的杰出领导人,他把毕生的精力献给了中国人民的解放事业和社会主义事业,建立了不朽的历史功勋。毛泽东在广为人知的《六言诗·给彭德怀同志》中,这样赞扬彭德怀:"山高路远坑深,大军纵横驰奔。谁敢横刀立马?唯我彭大将军!"许多年后,在《彭德怀自述》中,彭德怀回忆说:"在红军到达陕北吴起镇时,击败追敌骑兵后,承毛泽东同志给以夸奖……我把最后一句改为'唯我英勇红军',将原诗退还毛主席了。"解放战争时期,任中共中央局委员、中共中央军委委员、副主席兼总参谋长。中华人民共和国成立后,曾任中央军委副主席、中国人民志愿军司令员兼政治委员、国务院副总理兼国防部长等职,1955年被授予中华人民共和国元帅军衔。

彭德怀戎马一生,没有子女。他最亲近的晚辈是他两位烈士弟弟的孩子。特别是对侄女彭梅魁,彭德怀关怀和疼爱有加,视若己出。这里收录的是1965年前后,彭德怀写给侄女彭梅魁的三封信。

1959年夏天,彭德怀在庐山会议期间遭到错误批判后,被免去国防部长职务。1965年重新工作,担任国家西南局"三线"建设委员会第三副主任,同年11月底到成都任职。第一封信就是到达成都的第二天写给侄女彭梅魁的。从信中可以看出,彭德怀作为久经考验的革命家,虽然遭到了错误的批判和不公正的待遇,但他依然从国家利益和大局出发,满腔热情地投入到了国家的三线建设事业之中。三线,指的是三线地区。当时,中共中央从国家战备需要出发，根据战略位置的不同，把全国划分为一、二、三线，三线地区是全国的战略大后方，如云贵川等西南地区。信末署名"清宗"，这是彭德怀童年时的名字。

从第二封信中可以看到，彭德怀特别珍惜晚年的时光，几乎是马不停蹄地奔忙在"三线"的考察和调研工作中。彭梅魁鉴于彭德怀在1959年庐山会议期间因直言"大跃进"、人民公社化运动中的错误而遭到批判，劝说彭德怀在新的工作岗位上说话要小心谨慎，所以彭德怀才在信中提到"学习《反对自由主义》"这样的话语，并让彭梅魁放心，"我将引以为戒"。同时谆谆叮嘱："不必为我担心，要料理好家务，用心培养孩子，不要为我影响工作。切切！"字里行间饱含着对晚辈造成连累的愧疚之情。

第三封信中的愧疚甚至"难过"之情，表达得更为具体：梅魁从成都回北京，他想给她买一张卧铺票，梅魁都不肯；伯父一个人在西南山区工作，身边也没有人照顾，梅魁想必十分心疼，就给伯父寄来毛巾和浴衣。但是伯父怎么忍心让晚辈"克己奉我"，为他花费，所以，又特意寄回30元钱给侄女。身为一位开国老帅，彭德怀与晚辈的这种朴素和珍贵的亲情关系，怎能不令人敬重和感佩！

彭德怀从小放过牛、砍过柴、拖过毛竹，所以对劳苦人民、对人民子弟兵战士有一种非常真挚和朴素的感情。

1950年10月18日，身经百战的彭德怀，作为中国人民志愿军司令员，率领志愿军第一批先头部队跨过鸭绿江，奔赴抗美援朝、保家卫国的战场。有一天，彭德怀乘坐着吉普车正要赶往前线阵地，路过一个小村庄时，看到被敌机炸毁的房屋前，一位阿妈妮（老大娘）背着小孙子正坐在路边痛哭。彭德怀赶紧让司机停下车子，下来扶起阿妈妮，询问她的遭遇。原来，阿妈妮的家被敌机炸毁了，还有亲人也葬身在火海之中。彭德怀听了，心里十分难过，就像自己的同胞遭受了劫难一样。他和同车的几个指战员一起动手，从废墟中拣出有用的东西，搭起了一个可以暂时栖身和遮挡风雨的棚子，让阿妈妮和她的孙子住了进去。

当彭德怀和志愿军要离开时，阿妈妮和她的孙子都舍不得，又伤心得大哭起来。彭德怀的眼睛也湿润了，双腿也不忍迈开，就又返回棚子里，安慰这位无助的阿妈妮说："老人家，不要悲伤，请相信我们，一定会和朝鲜人民军一道，尽快把侵略者赶出朝鲜，和平的日子会来到的！"在场的志愿军指战员和战士看到，彭德怀在劝慰老人家时，眸子里也噙着悲愤的泪水……

不久，著名文学家巴金来到朝鲜战场采访志愿军战士们的英勇事迹时，写下了《我们会见了彭德怀司令员》一文。彭德怀看到这篇文章后，立刻给巴金写了封信，提出了一点修改意见。信中说："巴金同志，'像长者对子弟讲话'一句改为'像和睦家庭中亲人谈话似的'，我很希望这样改一下，不知允许否？其次，我是一个很渺小的人，把我写得太大了一些，使我有些害怕。"

这件小事，让老作家巴金感到，彭德怀作为一名老共产党员、一位身经百战的开国元勋，他有一颗多么朴素和虚怀若谷的心啊！

还有一次，一位年轻的词作家站在志愿军总司令部附近的山坡上，一边低声吟诵着，一边构思着《彭德怀将军之歌》的歌词。就在这时，彭德怀上山来了。"小同志，你又在写什么咯？"年轻的词作家抬起头，一见是彭德怀，急忙站起来，把稿子递到彭德怀手里说："一首歌词，请彭总指教。"彭德怀仔细看了一遍，连忙说："拿笔来，我改一下。"年轻的词作家把钢笔递给彭德怀，又上前看他怎样改动。只见彭德怀一笔将"彭德怀将军"五个大字抹去，改成了"战士"。

词作家望着彭德怀问："彭总，我要写一支赞美您的歌呀，您怎么……"彭德怀问："为什么要单单写我？""因为您的功劳大啊！""要不得，要不得，我的同志哟。"彭德怀亲切地按住他的肩，望着远方正在行进的队伍，说道："真正功勋大的，是那些战士们，是他们用枪炮消灭了敌人，打退了敌人。当然，我为战斗的胜利也作出了贡献。相比之下，还是战士们的功勋大啊，你去写他们吧，写一首优秀的《战士之歌》！"这位年轻的词作家被彭德怀的话深深打动了,一边点头一边说:"彭总,我明白了,谢谢您!"

把自己看得很渺小,把身后的人民和英勇的志愿军战士看得很伟大,这是彭德怀心中始终如一的真挚情怀。

给儿子董良羽、女儿董良翚的信（节选）

董必武

一

羽儿：

……

你前几天给妹妹的信中说"忙"，习题多，开夜车还赶不完，心里"躁"得很，要我们狠狠地批评你。"躁"是要不得的，党早已号召我们戒"骄"戒"躁"，你是预备党员，知道"躁"不好就戒掉它。"躁"不能帮助人解决任何问题，反而会把人赶上错误的道路去。军人要沉着，学理科要精细，这些都是与"躁"不相容的。道理你当然也会讲，但习题多，开夜车还赶不及怎么办？这种情况是否你一个人的，或其他的学员也有类似情况？如果是你个人的，那就只有丢一部分较容易作的习题，每次难题都要克服它。开夜车要控制在身体受得住的范围内，超过了身体忍受的范围，次日上课就成问题了。这点你必须注意！如果不只你一人如此而有几个人或较多的人如此，那就要报告教务处或在班务会议上提出来研究。有些学校设有专员指导学生作业，我不知你校是否应设，你们考虑一下可以向学校建议。每次作业先看题目，难的题目找同学分担，担任的人把所担的题目中的关键何在指出来，大家分途去作较省事。这点当然有毛病，我想比搁起来或开夜车把许多人弄得精疲力尽要好些。这只供你个人参考。因你要我狠狠地批评，只是批评，不想点克服困难的办法不好，所以写了点意见，不行就算了。在西南短时间内写了几首诗，这次赶不及抄，以后再寄给你。妈妈最近也是"忙"，身体还耐得住。弟妹、绍简们都好。

　　顺问

近佳！

父 字

11月22日夜

二

翚儿：

我在你离京返校的一星期后我也离开北京，妈妈留在寓中忙家里的事。她收到你返校后第一次信已告诉我了，她说哥哥也有信来。我告诉你一个好消息：酉酉在八月廿八、廿九、卅日在他的学校里作升级补考，已补考及格了。但也很危险，学校通知他，五门（史、地、几何、代数、俄语）有四门及格就可升级，他恰好考得四门及格。地理四分，几何、代数、历史三分，俄语只考得二分，你说危险不危险呀！我们对他的帮助还不算白费。当时不知道他还能补考，他温习功课抓得不紧，我们也没有抓紧督促检查，他温习功课的质量并不那么好。我初听到他能补考的消息，一方面为他高兴，一方面也为他担心，因为我知道他补习的功课没有一门学得有把握。所以当时就告诉他作精神上的准备,考不及格也不灰心丧气。考不取由于过去没有学好,鼓起劲来再学。考及格了也是侥幸,也要鼓劲认真学习才能在初中毕业。我对他能否升级不认为是主要的事,他目前的问题主要是必须改变对学习的态度,过去他的学习是被动的,不认真的,没有决心要会一种本领为建设社会主义服务。我劝他改变这种态度,要认真地听课,认真地做作业,不会的多问。他来信说他愿意今后这样干,这就对了。我希望他如此!他这次俄语只考得二分,颇出我意外,因为我们帮助他俄语是重点学习,暑假中每天都温习,为什么还不及格呢?我写给他座右铭中开首两句是:学要有恒,尤要专心,是针对着他的毛病说的。他每天都读俄文,不能说是无恒,就是心不在焉,所以读如未读,读了不能真正记得和懂得。这意思我写信告诉他了。他理解么?接受么?只有靠他的自觉。今年暑期补习虽不能令人满意,他在受挫折以后,有点向上的转变,但没有彻底转变,虽然如此,我还是欢迎他并鼓励他更前进。

上月底我写信给哥哥(这是他返校后我写给他

的第一次信）说到青年学生时代最大的毛病是不好学，这点毛病西西已犯了，你和哥哥没有犯，这很好，我很放心。其次是不注意求学的方法。我已把我想到的较好的学习方法告诉了你们，西西当作耳边风，没有理会它；哥哥没有和我研究学习方法问题，我说的方法是否可用，他无表示；你是没有完全照我说的试过，你告诉过我的。我希望你照我说的学习方法试两星期看看！你们学校自然也要告诉你们一套学习方法，那是在校学生都适用的。我说的方法只在你安排一下时间或挤一点时间就可以做到，对学校规定的没有什么冲突，不是么？如听课时聚精会神地听讲，听完一课后，立即抓住机会将课文（如有的话）翻阅一下，对证教员讲的内容看有不懂的地方没有，这后面一点当然要挤你一点休息时间，但就学习说，总比一听下课铃就出课堂去玩，收效要大些。一个学期学多少东西是学校规定了的，学生根据自己的精力怎样学到手，其间是有一个方法问题。望你在学习实践中注意！

　　我在这里很好，吃得，睡得，看文件时多（比北京

时少),出游了一次,每日都在住所附近散步,作了几首诗,以后再抄给你。祝

你学习和生活都好!

1961年九月五日　父字

董必武(1886—1975),原名董贤琮,又名董用威。湖北黄安(今红安县)人。中国共产党的创始人之一,中华人民共和国的缔造者之一,杰出的无产阶级革命家、马克思主义的政治家和法学家,党的第一代领导集体的成员和国家的重要领导人。

这里收录的是董必武分别写给儿子董良羽、女儿董良翚的两封家书。第一封信是1959年11月22日写给儿子董良羽的,曾刊登在《中国青年》1962年第14期。本书节录了此信的后半部分。董良羽当时在哈尔滨军事工程学院读书。董老是一位家风清正和谨严、对待子女的教育以身作则、循循善诱的

教育家。在此信中,他针对儿子在信中提到的因为学习任务重、习题多,经常要开夜车,所以情绪上容易"躁"等问题,耐心细致地提出了自己的看法和解决问题的具体办法。字里行间不仅流淌着一位慈父对儿子的关爱,也让我们看到了一位老革命家对后代的谆谆教导和给予的希望:"你是预备党员,知道'躁'不好就戒掉它。""军人要沉着,学理科要精细,这些都是与'躁'不相容的。"在原信里,董老还特意在"沉着"和"精细"两个词上打了着重号,提醒儿子,沉着和精细,对一名军人来说多么重要!

第二封信是1961年9月5日写给女儿董良翚的。董良翚当时在西安军事电讯工程学院读书。信中说到的"酉酉",即董良翮,董必武的小儿子,当时在北京读中学。在这封信中,董老循循善诱,教给女儿和儿子一些良好的学习方法,表达了对青年一代健康成长的关心,期望青年一代奋发图强,努力学习,早日掌握建设祖国的本领。

从这两封信的最后,我们还看到一个细节:董老自己喜欢作诗,每有新的诗作,总会抄写给孩子们看。这是一种文学家风,是一种"诗教"家风,也是一种谦和、平等和亲情怡怡的美丽家风。

董必武是老一代无产阶级革命家,在延安时期,他和谢觉哉、林伯渠、徐特立、吴玉章一起,被尊称为"延安五老"。董老共有三个子女,分别取名为董良羽、董良翚、董良翮。三个名字里都带了"羽"字。这其中有什么讲究呢?原来,董必武从青年时代起,就对"落后就要挨打"的旧中国的命运深有感触,一直希望新一代的中国青年能担负起强国责任,像大鹏展翅一样志存高远,为自己的国家建设作出贡献。所以,为子女取的名字里,寄寓着"蓄势如鹰隼,奋飞健翼张""如鹏飞有意,标指向天津"的殷切期望。

二十世纪五六十年代,董必武在处理繁忙的国务之余,也从没放松对子女的严格要求和谆谆教诲。1960年12月4日,他在写给董良翚的另一封信中,曾严厉批评过良翚学习上有所懈怠、不重视补考的事,还和女儿认真探讨过什么是良好的学习方法。他叮嘱良翚说,面对繁重的学业,要学会"缩短战线打歼灭战",掌握一些具体的要领,例如:"聚精会神地听讲课,除数学等课外,下堂后马上将课文看一遍,不懂的地方记下来问老师或同学,自己择重点课用百分之三十至四十的自习时间温习。这样就有时间和力量把自己认为重点课搞好,同时也不荒废学校规定的普通课。课外参考,以重点课有关的为限。"多年后,董良翚对父亲的这封信记忆犹新,这样回忆说:"我常常回味这封信,体会在我成长的过程中,父亲一直真正在做我的老师、朋友。"

给侄女谢谦芳、女儿谢宏等的信

谢觉哉

一

谦芳、茂杞、岂凡、学涵、学初、峙璜、延仁、学安：

你们这批我不认识的人，我却喜欢看你们的来信，尤其说到你们思想改进想做番事业的信。

我没工夫回你们的信，有的信来了很久，有的连信都失去了。好在你们都很年青，走的是一条路，对这个说的话，对那个也可以说。因此就写一封通信，分给你们。

学涵说："我这次的决定，经过了一段很痛苦的思想斗争。"学初说："我真欢喜，我突破了五关，斩了六将。"如果不是说考试的关而是说"很痛苦的思想斗争"的关的话,那我要告诉你,你们过的还只是"童子关"——笠仲没过得去的关而不是真正的关。前几年你们的叔父或哥哥——谢放,随军队由北打到南,又由南打到北,满以为看不到了,忽出现在我面前,黑瘦得只剩几根骨头。我写过首诗给他,是旧诗,不便抄给你们看,意思是说,要从艰苦的过程中,得出隽永的味道,像云长到达黄河渡口的样子,才算过关。如果过关后感到松劲,那是"偷关",不算过关,以后遇着关会过不去。

你们当不会再有那样险阻的关,但困难总是有的。必须锻炼身体与精神,服从组织,力求上进,老老实实,讲到哪里就做到哪里,你们的前途才是无限的。不然的话,也许碰着平阳的关也闯不过去,碰着一员裨将也斩不下来。峙璜似乎是看了我去年的一封信,打破了做"少爷"的梦,很好。干军队是要有好身体,挑八十斤,走十里路,算什么?你伯父那样小个子,不也能抬轿走长路吗?你父亲那样文弱,听说现办两个学校,今天走这,明天走那,身子还好了些。

劳动是最神圣的事，不肯劳动是反动社会传下的坏观念。

应该知道一个道理，你们现在与将来的进步和幸福，是依靠革命，依靠政府，依靠党与团的帮助与教育，也即是依靠人民，前景非常伟大。那想依靠个人比如说依靠我，现在家里还有人是这样想，那是错的。

你们有的是青年团员了，这道理应已知道。

谦芳拖着孩子和家务事，似有些不快活，要知道在革命社会里任何事都是革命的，都有一样前途的，前信已说过，拿出再看看吧。延仁、学安近无信来，料想必好。

你们有几个是学科学的。建设新社会，需要科学，过去学了没用，现在到处缺乏科学人才。电机学生全国最少。我国水电的储量，除东北外差不多都原封未动，而我国的建设，要求很快就电气化，学电机的青年要努力这一事业。

你们中有的文字还不大清顺，虽然你们不一定耍笔杆，但总宜想得出说得出就写得出，这点上宜用点功。

笠仲被父母叫回，你姑母那个叫什么的孩子，不知回去没有，望他们在家能做个勤奋的农民。

父母对儿女是爱的，你们在外的，应常把你们的生活情况，进步情况，所看到的事情，告诉父母、祖父母，既可以练习文字，又可开发家里人的脑筋。老人们知道你们过的快活，他们也会随着快活。

说死了的祖宗，能保佑儿孙，你们当已知道不对。我尚活着，你们如不自己介绍，我一点也不晓。你们兄弟姊妹、表兄弟姊妹，有多少，叫甚名字，信上虽说过，我总记不全，也不想再问，反正是这么一回事。

为着革命，为着社会，我祝福你们和社会上的进步青年看齐，并且身体强健。

附带告诉一下，我已快七十，医生检查，脏腑手足尚正常，没有病，只目力差了些，左耳有点聋。我的生活得到定国的照顾很好，你们不用挂念。这里一群孩子够热闹的。定定十二岁半，小学五年级。飘飘十岁，小学四年级。飞飞八岁多，小学二年级，成绩还好。列列六岁。七七三岁多，调皮得利害，甚么都知道。养教有定国自己去管。士维、立初在中学尚没放假,士维长得很快。

定国祝你们努力前进。

焕　南

一月廿七

二

定定、飘飘、瑷、飞飞、列列、七七、亚霞、培新、星明、莉莉：

我一月二十二日出去,三月二十五日回京,一共六十二天。在途中接到你们的信(只亚霞没有信),我都看了,现综合答复你们几句。

"做事,不只是人家要我做才做,而是人家没要我做也争着去做。这样,才做得有趣味,也就会有收获。"——这是我前信上的话。举个例子:去年飞飞和同学在我们院内种了一块油料作物——蓖麻子,接着桂芳也种了一行。种过以后,没看见你们管理,也没见你们收获。只耕种,不收获,这样的农民,天下怕少有吧!为什么这样?估计是你们学校只布置你们种，没有要你们管理，最后也没检查你们有无收获。而你们呢，推一下，动一下，并没有想到管理和收获。总之是"事不关己"。这很要不得。从这一件事，看出你们还不知道我上面信上说的道理。一定要以此为戒。凡学习或工作，都要自己负责，做不好或做得好，都要自己检查、记住，作为下次做的教训。不要再重复去年种蓖麻子的笑话。

　　自己的东西，要自己清理保存。衣服书籍是自己要用的[1]。教科书、作业本、学校给的记分簿、奖状、证书等，是自己用过功得到的。别人拿了没用，在你们自己则是宝贝。常见你们对这些宝贝不大爱惜。你们自己可检查一下，看还保存有多少！去年七七为找不到小学证书哭了几次。哭得很伤心。是为中学要检查你小学毕业证书哭，还是因失去了证书哭？大

---

[1] 衣服包括鞋子、袜子、盖被、褥子等，脏了要洗，坏了要补，要爱惜，收藏得好，不使它坏。我曾看见农民有一双鞋穿上十年的，有一件衣服穿几代的，且常常像新的一样。听说你外婆出嫁时穿的一件好衣，是你老外婆遗下的，你外婆准备给你母亲。你们不知道这种情况了，常常要添买新的衣服，不仅要花钱，而且要出现市面上的供应紧张。书籍也是一样，书可以读几代，我小时读的书，很多是我父亲读过的。现在家里有很多书，不管你们读不读，总要爱惜收藏好，不得损坏。——原文注

概是为了前者。你们平常失掉东西,也许只急一下,没有哭;也许哭了。哭是好的,但要在哭里得到教训,以后不再乱丢东西,要好好收起。你们都有桌子、抽屉或小箱子可以收。看了别人的东西不可乱拿,要放在原处,不要使别人难找。几年前我写过一张要孩子们爱惜书报的信,贴在书架上,不知你们还记得不?那时你们都小,现在好几个是大人了,不应该再不记在心上了。

哭了,如果还像以前一样懒散,那流的是狗眼泪,一钱不值。

定定说:她的学院送给某部门两个毕业生都退回了,理由是"语文不好"。语文是学习、工作的工具,文字不通顺的人,学习有困难,工作也一定有困难。桂芳、飞飞的信写得好一点,但也仅仅好一点。定定、飘飘,在中学时的作文还比较好。记得定定五、六岁时写过两段文章,我颇赞赏她的聪明,把它抄在本子上,写过"学语涌如三叠水,抽思努似六时春"的句子。飘飘也不差,我写过"八月知行礼,两岁能念诗"的句子。为什么上了大学,反而写不好了?没有别的原因，一是没有练习，二是写的时候不用心。

要文理通顺，词能达意，不是一件很容易的事，当然也不很难。不管写什么东西，要想想写通了没有？人家看得懂不？如有毛病，就得修改。看书报也是一样，对于好的文章，不只要了解它的内容，还要欣赏它的写法。比如《毛泽东选集》里的文章，都是明白如水，容易懂、也容易记。我们要用心学。

字要写得清楚，容易看。不要使人猜，甚至还猜不出，那是很坏的习气。去年给飘飘信，批评他的信字写得不清楚，可能这封信飘飘没接到，因而他也没有改。字要写大一点，年老人眼睛不尖了，看不清。我有句诗："大儿远来书，字小如蚁挤"，是说飘飘的。

桂芳说要习毛笔字，很好。不过写毛笔要砚池，要磨墨或用墨汁，比写钢笔麻烦。其实钢笔也是一样，林准同志的钢笔字写得清楚大方，你们应向他学。可能你们写滑了手，有些字的形象忘记了，那就翻翻字典。用心练习，个把两个月，就会好。不要舍不得下这一点点功夫，致将来工作上不方便，甚至有被用人机关像那两位外贸同学以"语文不好"四字考语退回来的危险。

我只在看你们的来信时考你们！

飞飞说："学习导演，对我来说是复杂、困难的，它须要丰富的经验和广博的知识，而这些，我经验了解思考都很少"。这话很对。（你这句话的写法有语病，可自己审查。）经验知识是无穷尽的，只要用心，随时随地都可学到东西；只要虚心，别人的、书本上的经验知识，都可变为自己的经验知识。

大孩子——十五以上到三十以下是黄金时代（前信说二十到三十是黄金时代是指已满二十的人说的。实际会学的人十几岁就可以学得比较好），要用心，小孩子也要用心。不是说不要你们玩。会玩的人也许是会学的人。当然专门玩是不可以的。

今天是星期日，下午四时定定、列列、亚霞都走了，接到瑗儿信及戴大帽子的照片。不免吟诗一首：

欣看雏凤向空飞，面目依然毛羽非。

好似排风初上阵，翩翩小女戴金盔。

（京剧《雏凤凌空》演杨排风的是个女孩子。瑗儿可能看过。）

我身体没什么病,只衰老了一些,不想动作。好在还能吃饭。此信打印分给你们,可细看看。以后若有机会再写。

四月二日写　觉哉

谢觉哉(1884—1971),字焕南,原名谢觉斋。湖南宁乡人。中国共产党的优秀党员,"延安五老"之一,著名的法学家、教育家,杰出的社会活动家,共和国人民司法制度的奠基者。曾任中央人民政府内务部部长,最高人民法院院长,全国政协副主席等职。

这里选录的是谢觉哉写给晚辈的两封信。

第一封信写于1951年1月27日,是写给侄女谢谦芳、侄子谢茂杞和孙子谢学初、谢峙璜、谢延仁等晚辈的。信中充满了对晚辈成长的殷切关心,希望年轻人勇于吃苦,"从艰苦的过程中,得出隽永的味道",同时要培养自己的家国情怀,懂得敬爱和感恩父母。

这封信末说到的"定国",即王定国,谢觉哉的妻子。

王定国也是一位红军老战士。她是四川营山人,15岁被卖作童养媳,20岁时参加了中国工农红军,22岁随红四方面军三过雪山草地。24岁那年,王定国与谢觉哉结为伴侣。当时,红军到达陕北后,部队条件非常艰苦,缺吃少穿、人困马乏。为了丰衣足食,根据地的军民一起开展了轰轰烈烈的大生产运动,无论官兵、男女和老幼,人人动手种田、种菜、养猪、纺线,毛泽东、周恩来、朱德等领导同志都加入了大生产的行列。王定国在大生产运动中多次被评为劳动模范。在中央机关里,她养的一头猪最大、最肥,毛主席知道这件事后,高兴地为她亲笔题写了"再接再厉"四个大字,还亲自为她戴上了一朵大红花。

1937年冬天的一个晚上,谢觉哉要赶写一篇文章,就让王定国去隔壁帮他找一份《民国日报》和《西北日报》来。王定国来来回回拿了几次都不对。谢觉哉一急之下,埋怨了一句:"定国呀,你怎么连拿份报纸都拿不对?"王定国低着头,难堪地回答说:"我不认识字,认不出哪份是哪份。"从这一刻起,王定国就暗暗地下定了决心,认真识字学文化,以后可以更好地协助丈夫做好工作。谢觉哉则每天挤出时间教王定国学习。果然,在后来的日子里,王定国一个字一个字地学习,日积月累,竟然也能自己读报、写信了。

中华人民共和国成立后,这对革命老战士仍然保持艰苦朴素的本色,互敬互爱,互相砥砺,学习不止,奋斗不止。谢觉哉还耐心地教王定国写诗词、练书法。1953年5月15日,在谢觉哉70岁寿辰那天,王定国给他写下了一段押韵的"祝寿语":"谢老:自从我们在一起,不觉已近二十年。互相勉励共患难,喜今共享胜利年……花长好,月正圆,为建设共产主义社会,祝你万寿无疆,祝你青春长远。"王定国生日到来时,谢觉哉也欣然赋诗一首,回赠给夫人:"暑往寒来五十年,鬓华犹衬腊花鲜。几经桑海人犹健,俯视风云我亦仙。后乐先忧斯世事,朝锄暮饲此中天。三女五男皆似玉,纷纷舞彩在庭前。"

谢觉哉和王定国以身作则、言传身教的好家风,深深影响着子女和其他晚辈，帮助他们树立了正确的人生观，正正直直地做人，踏踏实实、勤勤恳恳地为国家工作。

第二封信写于1961年4月2日，是写给女儿谢宏（定定）、谢亚霞，儿子谢飘、谢飞、谢列、谢云（七七）和养女谢瑗等晚辈的。信中说到的"林准"，当时是谢觉哉的秘书。谢飞当时已经成为优秀的电影导演。这封信从孩子们日常生活中的一些小事说起，叮嘱和鼓励孩子们要养成持之以恒、勤俭节约等良好的生活习惯和品德。从这封信中，我们也能感受到老一代革命家的高风亮节和美德风范。

给妻子杨之华、女儿瞿独伊的信

瞿秋白

一

之华：

　　临走的时候，极想你能送我一站，你竟徘徊着。

　　海风是如此的飘漾，晴明的天日照着我俩的离怀。相思的滋味又上心头，六年以来，这是第几次呢？空阔的天穹和碧落的海光，令人深深的了解那"天涯"的意义。海鸥绕着桅樯，像是依恋不舍，其实双双栖宿的海鸥，有着自由的两翅，还羡慕人间的鞅掌。我俩只是少健康，否则如今正是好时光，像海鸥样的自由，像海天般的空旷，正好准备着我俩的力量,携手上沙场。之华,我梦里也不能离你的印象。

独伊想起我吗?你一定要将地名留下,我在回来之时,要去看她一趟。下年她要能换一个学校,一定是更好了。

你去那里,尽心的准备着工作,见着娘家的人,多么好的机会。我追着就来,一定是可以同着回来,不像现在这样寂寞。你的病怎样?我只是牵记着。

可惜,这次不能写信,你不能写信。我要你弄一本小书,将你要写的话,写在书上,等我回来看!好不好?

秋　白

七月十五

二

独伊:

我的好独伊。你的头发都剪了,都剃了么?

哈哈,独伊成了小和尚了。

好伯伯的头发长长了,却不是大和尚了。

你会不会写俄文信呢?

你要听先生的话，要听妈妈的话，要和同学要好，我欢喜你，乖乖的小独伊，小和尚。

好伯伯

瞿秋白（1899—1935），原名瞿霜等，学名瞿双，字秋白，江苏常州人。中国共产党早期的主要领导人之一，伟大的马克思主义者，卓越的无产阶级革命家、理论家和宣传家，中国革命文学事业的重要奠基者之一。

1920年8月，瞿秋白即将去苏维埃俄国访问和学习。行前，他对志同道合的战友们说，这次去莫斯科，就是要去看看这个新生的苏维埃国家，也为中国人民去寻找和开辟一条光明的道路。1921年6月22日，共产国际第三次代表大会在莫斯科举行。7月6日，瞿秋白见到了革命导师列宁，两个人进行了简短的交谈。这是瞿秋白终生难忘的一个时刻。后来，瞿秋白在莫斯科第三电力劳工工厂参加工人集会时，又聆听了列宁的演讲。

1921年秋，莫斯科东方大学开办了一个"中国班"，瞿秋白作为当时莫斯科仅有的翻译，担任这个班的翻译和助教，班上的学生有刘少奇、罗亦农、彭述之、任弼时、王一飞、肖劲光等。1921年5月，由共产党员张太雷介绍，瞿秋白光荣地加入共产党，当时还属于"俄共"，1922年春，正式加入中国共产党。

1923年初，瞿秋白回到了祖国，担任中国共产党的机关刊物《新青年》的主编。就在这个时期，他着手重新翻译了欧仁·鲍狄埃的《国际歌》。瞿秋白决心重新翻译《国际歌》的歌词，让它在中国更为广泛地流传，也成为中国劳动者的战歌。

当时，他住在北京黄化门西妞妞房他叔叔家里。他守着一架风琴，对照着原文，一字一句地推敲着，自弹自唱着，每一句歌词定稿，都要反复再三。当他译到"国际"这个单词时，他站起身来，在小屋里不停地徘徊着，寻找着合适的、可以对应的中文词语。这个汉语只有两个字，而外文却是长长的一串音节。如果简单地译成"国际",配上原谱,这句歌词就是"国 —— 际 —— 就一定要实现"了,"国际"一词拖得这么长,那会很难唱,也不悦耳。为了这个词,瞿秋白在小屋里来回走动,不时地哼着、琢磨着。同时,自己在莫斯科参加各种劳动者集会的情景,又一幕幕浮现在他眼前……忽然,他停下了脚步,若有所悟地走到风琴边,手指按在琴键上,有力地弹奏着,然后随着清晰的节奏,用低沉又庄严的声音唱出了:"英特纳雄耐尔,就一定要实现!"中文歌词和歌曲,就这样和谐地融为一体了!也就是说,瞿秋白终于用"音译"的办法,解决了这一难题。

后来的事实证明,这是一句非常高明的翻译。用音译方式唱出时,正可以和欧洲各国的发音一致,起到了让中国劳动者和全世界无产者同声相应、万口同声、心灵相通的作用。"起来,饥寒交迫的奴隶!起来,全世界受苦的人!满腔的热血已经沸腾,要为真理而斗争……"从此,《国际歌》这首响遍全球的旋律,这首高亢又深沉的无产者的战歌,就在全中国流传开来了。

从 1925 年 1 月起,瞿秋白开始在中共中央担任重要职务,成为中共领导人之一。1927 年八七会议后,瞿秋白担任临时中央政治局常委,并主持中央工作,成为继陈独秀之后,中国共产党第二任最高领导人。1934 年初,瞿秋白奉命从上海到达中央革命根据地江西瑞金。红军决定长征后,瞿秋白要求随中央红军长征,但最终被留在即将沦陷的瑞金。

这里收录的是瞿秋白分别写给妻子、女儿的两封家书。

第一封信是 1929 年 7 月 15 日写给妻子杨之华的。这年 7 月,瞿秋白作为中共驻共产国际的代表团团长,将由莫斯科赴德国法兰克福参加国际反帝同盟大会。临走前,写了这封信给妻子。信中用文学的笔调抒发了两人缱绻难分、依依不舍的情意,从中也不难感知瞿秋白的优美文采。"独伊"即瞿独伊,杨之华的女儿,瞿秋白的继女,1928 年随杨之华在苏联生活。因为瞿秋白、杨之华二人都忙于革命工作,年幼的瞿独伊先后被送入孤儿院、幼儿园、国际儿童院抚养。信中说到的"你去那里……""你不能写信……",指的是杨之华将去参加1929年8月在海参崴召开的太平洋劳动大会,大会规定,为了与会人员安全起见,各国代表都不许与外界有通信等联系。

第二封信是1929年写给年幼的女儿瞿独伊的。这封信语言浅显、简洁且带有童趣,字里行间尽显了瞿秋白对女儿的牵挂与疼爱。让人想到鲁迅先生的那首《答客诮》的诗:"无情未必真豪杰,怜子如何不丈夫?知否兴风狂啸者,回眸时看小於菟。"

瞿秋白也是一位富有文学理论修养和创作才能的、文采斐然的文学家。他与鲁迅先生有着深厚的友情,鲁迅曾亲自为瞿秋白编辑过作品集,瞿秋白也曾为鲁迅的杂感集撰写过一篇著名的序言。

"这世界对于我仍然是非常美丽的。一切新的、斗争的、勇敢的都在前进。""那么好的花朵、果子,那么清秀的山和水,那么雄伟的工厂和烟囱,月亮的光似乎也比从前更光明了。但是,永别了,美丽的世界!"这些美丽而深情的语句,出自瞿秋白在就义前写的名篇《多余的话》。这些诗一般的句子,表达了一位坚贞、磊落和善良的革命者的心路历程。

1935年2月，瞿秋白在福建长汀濯田地区被捕。瞿秋白当时化名"林琪祥"，被俘的人员中有一个叛徒供出了瞿秋白的身份。6月18日早晨，瞿秋白生命最后的时刻到了。他神态自若地缓步走出囚室，被带到中山公园凉亭前拍下了生前最后一张照片，然后从容地走向了刑场。

沿途，瞿秋白昂首高唱着自己翻译的《国际歌》，用歌声向敌人宣布："英特纳雄耐尔，就一定要实现！"到达罗汉岭时，他选了一处草坡，从容地坐下，对刽子手微笑着点点头说："此地甚好！"然后含笑就义，年仅36岁。

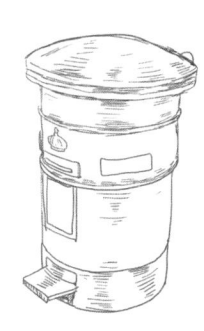

下辑

革命先烈家书

狱中给妹妹、弟弟的信

史砚芬

一

我最亲爱的妹妹弟弟：

这封信到你们手里又要你们流泪了。

哭吧！你们就尽量的哭吧！把你们纯洁的泪珠来洗尽这张纸上的悲哀，荡净这张纸上的苦痛吧！

我觉得心中有许多话要和你们说，但是一句也想不起来，至于一切经过的详情，也请汉清哥代达吧！

你们下学期预备怎样？我本有和你们策划的义务，但是筹思兼旬依旧一筹莫展。听说永保弟在家，你们有什么疑难的事就去请问他，他一定可以设法的。

我大致不久就要拨监,究竟判多少年还不得而知。你们替我过冬的衣服被褥制备了给便人带来。不讲了,以后再找机会面谈吧!

祝你们

平安!

你的哥哥砚芬

二

亲爱的弟弟妹妹:

我今与你们永诀了。

我的死是为着社会、国家和人类,是光荣的,是必要的。我死后,有我千万同志,他们能踏着我的血迹奋斗前进,我们的革命事业必底于成,故我虽死犹存。我底肉体被反动派毁去了,我的自由的革命的灵魂是永远不会被任何反动者所毁伤!我的不昧的灵魂必时常随着你们,照护你们和我的未死的同志,请你们不要因丧兄而悲吧!

妹妹，你年长些，从此以后你是家长了，身兼父母兄长的重大责任。我本不应当把这重大的担子放在你身上，抛弃你们，但为着了大我不能不对你们忍心些，我相信你们在痛哭之余，必能谅察我的苦衷而原谅我。

弟弟，你年小些，你待姊应如待父母兄长一样，遇事要和她商量，听她指导。家里十余亩田作为你俩生活及教育费。因我死以后，不要治丧，因为这是浪费的，以后你能继我志愿，乃我门第之光，我必含笑九泉，看你成功。不能继我志愿，则万不能与国民党的腐败份子同流。

现在我的心很镇静，但不愿多谈多写。虽有千言万语要嘱咐你们，但始终无法写出。

好！弟妹！今生就这样与你们作结了！

你们的大哥砚芬嘱

史砚芬(1904—1928),又名余晨华、余仁华、严文、史文馨,江苏宜兴人。1927年加入中国共产主义青年团。不久转为中国共产党党员,并担任共青团宜兴县委书记。后来参与组织和领导宜兴一带的农民暴动,任暴动行动委员会副总指挥。1928年调任共青团南京市委书记。同年5月被捕。9月27日在南京雨花台英勇就义,年仅24岁。

这两封信写于1928年9月就义前,史砚芬就义后,家属收殓他的遗体时,从他内衣口袋里发现的。第一封信,表达了史砚芬心中的悲愤,以及对妹妹、弟弟的未来的关切;第二封信是一封诀别书,表达了史砚芬为了人民的自由与幸福,为了革命事业和"大我"的理想,不惜英勇献身和"虽死犹存"的大无畏精神,以及崇高的使命感。

给妻子胡红霞的遗书

吉鸿昌

红霞吾妻鉴：

夫今死矣！是为时代而牺牲。人终有死，我死您也不必过伤悲，因还有儿女得您照应。家中余产不可分给别人，留作教养子女干等用。我笔嘱矣，小儿还是在天津托喻先生照料上学以成有用之才也。家中继母已托二、三、四弟照应、教敬你不必回家可也。

❖ ❖ ❖

吉鸿昌(1895—1934),字世五,原名吉恒立,河南扶沟人。抗日英雄、爱国将领。1932年加入中国共产党,1934年组织成立中国人民反法西斯大同盟,任中央委员会及中共党团领导人,准备在家乡河南发动中原暴动。同年11月9日被捕,11月24日被杀害于北平陆军监狱,时年39岁。

这封家书是吉鸿昌在就义当天写给妻子胡红霞的诀别信。信中表明了自己"为时代而牺牲"、视死如归的崇高气节,也表达了对爱妻和孩子往后生活的牵挂和忧虑。信中说到的将家中余产"留作教养子女干等用"的交代,其中的"干"是隐语,指的就是革命工作。

1931年9月,矢志抗日的吉鸿昌将军被蒋介石逼迫下野,到国外"考察实业"。

在国外,吉鸿昌时时刻刻惦念着祖国的命运,不忘作为一个中国人的尊严。有一次,他到美国的一家邮局去寄包裹,工作人员问他:"寄往哪里?"吉鸿昌回答道："中国。"

没想到，这个工作人员竟把包裹退给了他，而且还用轻蔑的口吻说："我不知道中国在哪里。"吉鸿昌非常愤怒，但和他在一起的一个国民党官员却劝他说："以后外出时，最好不要说自己是中国人，可以说是日本人，这样就不会遭到这种不礼貌的待遇了。"

吉鸿昌听后更加愤怒了，他严厉地斥责道："你觉得，做一个中国人丢脸吗？我却觉得，做一个中国人很光荣！只要我吉鸿昌还有一口气，就誓死不当洋奴！"

回到住处，他找来一块牌子，用英文在上面写了一行大字："我是中国人！"每逢宴会或其他各种交际聚会，他就骄傲地把这块"我是中国人"的牌子挂在自己胸前。他的这个行为，充分展现了一个堂堂正正的中国人的骨气，使许多外国人都深为佩服。

吉鸿昌被捕后，1934年11月24日，北平陆军监狱接到了蒋介石"就地处决"的命令。临刑那天，吉鸿昌神色坦然地披上斗篷，缓步走向刑场。到了刑场，吉鸿昌威严地对执刑官说："我为抗日而死，不能跪下挨枪，我死了也不能倒下！""给我拿个椅子来，我得坐着死。"士兵把椅子搬来，朝墙放正。吉鸿昌大声说："我为抗日死，死得光明正大，不能在背后挨枪。""你在我眼前开枪，我要亲眼看到敌人的子弹是怎样打死我的。"执刑官只好让士兵把椅子转过来。

当刽子手在吉鸿昌面前颤抖地举起枪时，他瞪起双眼，怒目而视，用尽自己全身的力气高呼："抗日万岁！""中国共产党万岁！"枪声响了，吉鸿昌倚靠在椅子上，大义凛然地离开了人间。年仅39岁。

除了前面的这封遗书，吉鸿昌在就义前还留下了一首气吞山河的遗诗："恨不抗日死，留作今日羞。国破尚如此，我何惜此头！"

给叔父的信(节选)

刘 华

选皋阿叔：

我收到你这封信，正正是我由中华书局脱离而入上海大学的那一天——十三号，七初二日——心里十分欢喜。因为从头回接到你内江的信以后，许久都没有消息来，虽然说不怎么着急，倒像心中挂歉得很——如今已放心了。大哥和你共事虽不久，总还算他不致寂寞；成败不过一时的挫折，在我看来也算不得什么，只要身体好，万事都可了得。大哥他希望我努力勤学，实业是可靠的东西，在道理上自然不错，但是凡事都是要人做的，没有充分的学力去运用，到底总是空架子说闹热的，我到了上海来就十分的觉得，这回我用了许大的魔力，才把学堂弄到住；因为家里清贫，处处望人帮助。如今总算成功了，也是我这一生的历史上大大的一件幸事。……我敢说："年轻稳妥的我。"同齐那天收到你的信，也收到我的老人家的信，口气与你差不多。他说："今年我家请了钟先生，来教我的两个侄儿。"我不知道这钟先生，有怎样的好坏，他也没有说明白，倒弄得叫我不好去铺排他。你以后看见我的老人家，请他不要挂念我。钟先生是怎样的人，怎样教人家，就请你长长的详详细细替我的老人家给个信来。我们现在年轻人，只要认清了前途，就是拼命也要去干，总希望有一个好结果，因为一个人只能活几十岁的命的原故。你的家里的情形，怎样布置一曹小朋友，也不妨大家来商量讨论。你的回信来，请你写上海闸北青岛路上海大学刘剑华收就得了。头回我收到你内江那封信，非常的抱歉，两三年不曾给你和我别地朋友通信来。当时我读过了你的信，就偶然写了一首绝诗，很想当下就给你寄来，让你笑笑，奈何你正在大战的海中，到那里来寻你？现在我把他抄在这里，补补你从前的一笑吧!"寄叔"(日来接得选皋叔与余之信,曾云:"别来三载,只得余信□[1]封。"):别来三载迄将过,鱼雁鲜通奈若何?莫道嵇生真懒慢,忧烦人世事偏多!好!以后再谈了。祝你幸福!并祝你一家人都好!

□□□[2] 八月十四号七月初三日晚

◆ ◆ ◆

刘华(1899—1925),原名刘炽荣,字剑华,四川宜宾人。1920年进入中华书局印刷所当学徒。1923年进入上海大学中学部半工半读,同年加入中国共产党。1925年2月,领导沪西日商纱厂工人大罢工,建立了工会组织。同年当选为中华全国总工会执行委员,参与领导五卅运动,并被推选为上海总工会副委员长兼第四办事处(沪西区)主任,11月

---

[1] 原信此处空缺一字。
[2] 原信此处空缺三字。

在上海被捕,12月17日被军阀孙传芳秘密杀害,年仅26岁。

这封信是刘华烈士1923年8月14日写给叔父刘选皋的。当时,刘华在中华书局印刷所当学徒,但他一直没放弃进学校学习的愿望,经过努力,终于进入上海大学中学部学习。入校的第二天,他给叔父写了这封信。信中汇报了自己到上海后的变化:"我敢说:'年轻稳妥的我。'"而且还认识到了,"我们现在年轻人,只要认清了前途,就是拼命也要去干……"从这封信的字里行间,我们能感受到在革命风雨的洗礼中,一位年轻的、激情澎湃的革命者,正在迅速得到锻炼和成长的心理状态。

给表弟谭竹安的信(节选)

江竹筠

一

我下来已经快一月了。职业无着,生活也就不安定。……

四哥,对他不能有任何的幻想了,在他身边的人告诉我,他的确已经死了,而且很惨。"他会活着吧?"这个唯一的希望也给我毁了,还有什么想的呢? 他是完了,"绝望"了。这惨痛的袭击你们是不会领略得到的。家里死过很多人,甚至我亲爱的母亲,可是都没有今天这样叫人窒息得透不过气来。

可是,竹安弟,你别为我太难过。我知道,我该怎么样子的活着。当然，人总是人，总不能不为这惨痛的死亡而伤心。我记得不知是谁说过："活人可以在活人的心里死去，死人可以在活人的心中活着。"你觉得是吗！所以他是活着的，而且永远的在我的心里。
……

二

竹安弟：

友人告知你的近况，我感到非常难受。幺姐及两个孩子给你的负担的确是太重了，尤其是现在的物价情况下，以你仅有的收入，不知把你拖成甚么个样子。除了伤心而外，就只有恨了……我想你决不会抱怨孩子的爸爸和我吧？苦难的日子快完了，除了这希望的日子快点到来而外，我甚么都不能兑现。安弟，的确太辛苦你了。

我有必胜和必活的信心，自入狱日起（去年六月被捕）我就下了两年坐牢的决心。现在时局变化的情况，年底有出牢的可能。蒋王八的来渝，固然不是一件好事。但是不管他若何顽固，现在战事已近川边，这是事实，重庆在强也不能和平、京、穗相比，因此大方的给它三四月的命运就会完蛋的。我们在牢里也不白坐，我们一直是不断的在学习，希望我俩见面时你更有惊人的进步。这点我们当然及不上外面的朋友。

话又得说回来，我们到底还是虎口里的人，生死未定。万一他作破坏到底的孤注一掷，一个炸蛋两三百人的看守所就完了。这可能我们估计的确很少，但是并不等于没有。假若不幸的话，云儿就送你了，盼教以踏着父母之足迹，以建设新中国为志，为共产主义革命事业奋到底。

孩子们决不要骄养，粗服淡饭足矣。幺姐是否仍在重庆？若在，云儿可以不必送托儿所，可节省一笔费用，你以为如何？就这样吧，愿我们早日见面。握别。愿你们都健康！

竹　姐
八月廿七日

来友是我很好的朋友，不用怕，盼能坦白相谈。

❖ ❖ ❖

江竹筠(1920—1949),女,原名江竹君,曾用名江志炜、江雪琴,四川自贡人。人们常称她江姐,以表敬意。1939年加入中国共产党。1940年任重庆新市区区委委员。1945年与彭咏梧结婚,婚后负责中共重庆市委地下刊物《挺进报》的组织发行工作。1948年初彭咏梧不幸牺牲,江竹筠接任其工作。同年6月被捕,被关押于重庆渣滓洞集中营。1949年11月被杀害,年仅29岁。

"红岩上红梅开,千里冰霜脚下踩,三九严寒何所惧,一片丹心向阳开,向阳开。红梅花儿开,朵朵放光彩,昂首怒放花万朵,香飘云天外,唤醒百花齐开放,高歌欢庆新春来,新春来。"

每当人们唱起歌剧《江姐》主题歌《红梅赞》的时候,身穿红色毛衣、围着雪白围巾的革命者"江姐"坚贞不屈、大义凛然的美丽形象,就会浮现在人们面前,也令人联想到她那铮铮铁骨、灼灼红梅一般的品格与情操。

1949年10月1日，新中国诞生的喜讯从北京传到了重庆渣滓洞监狱里。江竹筠和难友们一起，用一块红布绣出了一面简易的红旗，庆祝新中国的诞生，庆祝他们一直在为之奋斗的那个伟大理想的实现。歌剧《江姐》里的这首《绣红旗》，咏唱的就是江姐和难友们当时怀着无比喜悦的心情，迎接新中国诞生的情景。

第一封信是江竹筠1948年3月19日从四川万县写给自己的表弟、共产党员谭竹安的。信里说到的"四哥"，即江竹筠的爱人和战友彭咏梧。彭咏梧是四川云阳人，曾任中共川东临时工委委员、下川东地工委副书记，1948年1月16日在奉节鞍子山激战突围时不幸牺牲。

江竹筠有一个寄养在亲戚家的幼小的儿子，即第二封信中说到的"云儿"。第二封信写于1949年8月，江竹筠在临刑前，惦念着自己年幼的孩子，含泪写下了一封托孤的遗书，遗书仍然是写给"竹安弟"的，并托付一个被争取过来的看守带出了监狱。当时，江竹筠把一根筷子磨成竹签当笔，用棉花灰制成墨水，写下了这封遗书。这也是江竹筠就义前最后的留言。她是一位坚强的革命者，也是一位渴望亲情、满怀亲情的母亲。她在生命的最后时刻，除了革命事业，最牵挂的就是自己的孩子。江竹筠留下的这封遗书原件，字迹相当潦草，不时出现涂改墨迹，表露了她心中对爱子的牵挂与忧虑、骨肉永别的痛彻之情。信中也对孩子未来的成长寄予了期待和希望："盼教以踏着父母之足迹，以建设新中国为志，为共产主义革命事业奋到底。""孩子们决不要骄养，粗服淡饭足矣。"

给母亲的遗书

朱振汉

我最亲爱的妈妈:

　　我这次写信给你是最后的一封信,也是最后一次和你谈话,你儿子的死,是光荣的,为了全中国的人民解放而死是最有价值的,妈!一个人是没有二次死的,一个人是一定有死,但有的死了是无声无息的,我想一个人生出来做什么呢?其最有价值的就是为了光荣的死,妈!你或许认为你的儿子大不孝了吧!其实,你应该欢喜,你有一个光荣的儿子,你辛苦抚育是有价值的,全中国的人民都忘不了你,好了,最后我希望你努力教育伟汉仔。

　　准备建设将来的新中国。并祝快乐。

生命诚可贵，爱情价更高，若为自由故，两者皆可抛。

小儿　振汉

1948.10 月 20 日

朱振汉（1932—1948），广东兴宁人。1948年春参加游击队，8月参加广东人民解放军粤赣边支队，11月在攻占大湖战斗中，报名参加了决死队，在激战中英勇牺牲，年仅16岁。后被追认为中国共产党党员、支队战斗模范。

这封信是朱振汉1948年在大湖战斗前夕报名参加决死队后，给母亲留下的一封遗书。信中表达了自己为了全中国人民的解放事业，视死如归、死得其所的信念和决心，也抒发了对即将诞生的新中国的期待和憧憬。信中提到的伟汉，指朱伟汉，朱振汉的弟弟。信末还特意手录了匈牙利诗人裴多菲的一首诗，表达了自己的心志。

给母亲的信(节选)

冷少农

母亲:

好久没有接着你们的信了,更是好久没有聆着你老人家慈爱亲切的教训了,我的心中是多么的想念哟!我因此曾经写信去向三弟询问过,我因此曾经再三的自省过,我不知道我有什么触犯家庭?我不知道我有什么干怒母亲?以致值得你们这样的恼恨我,弃绝我,甚至于不理我。

前天接着你老人家三八妇女节给我的信,我高兴得什么似的,我把它翻来覆去的读了好几次,读得我真是狂欢得要跳跃起来,我知道你老人家虽然在痛快淋漓的叫骂我,但你老人家的心中仍然是极端的痛爱我，我知道你老人家虽然已经是恼恨我，但还不至于弃绝我和不理我：由此我更体会到母亲爱儿子的爱，它的崇高和伟大，是任何的爱不能及得着的。

……

真的！我现在确是成为一个你老人家所骂的不忠不孝、忘恩负义的人儿了。我为什么要这样不忠不孝、忘恩负义呢！在以前没有指责我的人，就是所谓没有人点醒我，所以我只觉我做的都是对的，我就这样尽力做下去，一直做下去以至于现在，已经是牢不可拔了。虽然到今天有你老人家慈爱的呼声，作我的当头棒喝，也恐怕是不可救药吧。

母亲，你们第一急切要知道的，怕是我在南京干的是些什么吧。我的普通情形，也很平常，还是同其他的普通人一样，每月拿八十块钱，办一些不关痛痒的例行公务事，此外吃饭睡觉，或者在朋友处去玩。这样的事，在我是一钱不值的，不过因为要生活着……同时还有好多人又在羡慕着而想夺取着，所以我就不得不敷敷衍衍的将就混下去。这样呆板无聊的生活，久过有什么趣味，照理我应该把它丢掉，回家来一家老少团圆的过着，或者在地方上当绅士，或者在省城去活动活动，怎么还老在南京待着呢？这，我有我的想法，在南京虽然呆板无聊，但还可以随时得到新书看，还可以向新的方向进展。老实说，还可以为痛苦的人类尽相当的力量。

人是理智和感情的动物，我现在还是人。虽然你们骂我不叫东西，我自信我还是一个人。我的理智和感情当然还没有失掉，至少是没有完全失掉。你老人家是生我身的母亲，而又是这样的慈爱我；大哥是我同胞共乳的手足，因为父亲早死，对于我的教养也曾相当的负过责任；娴贞是我十余年来同床共枕的妻子，为我抚育儿女，从未有不对的地方……母亲，你就不提及他们，我也是朝夕忘不掉的。在家庭中，我是一个受恩最多而一点未酬的人，照理我应该把家庭中一切的责任负起来，努力的去完成我一个好儿子，好兄弟，好丈夫，好父亲的事业，至少在外面应该努力的做一个显亲扬名的角色，极力的把官做大一点，把钱找多一点，并且找的钱应该全部送回家来，使得家里的人都享受一点清福，使乡里的人个个都要恭维我家的人。这样,我才能稍稍尽一点忠孝,这样,才不算忘恩负义。但是我竟不这样做,不这样做就算没有尽着责任。没有尽着责任,就不算什么东西,东西都不成,自然更不会叫做人了。我能够想到这个地方,我的良心算尚未丧尽吧。怎么想得到而又不肯这样做呢?这是你老人家急于要知道的,也是我现在要解答的。你老人家和家庭中一切人过去和现在的痛苦,我是知道的,但是无论怎样的苦,总不会比那些挑抬的、讨田耕种的、讨饭的痛苦。他们却一天做到晚,连自己的肚皮装不满,连自己身上都遮不着……母亲,你看他们是多么的痛苦,是多么的可怜哟!他们愿意受痛苦,愿意受耻辱,愿意受饥寒,愿意丢掉生命吗?是他们贱吗?是他们懒吗?不是的,一切的土地都为这些有钱有势的人占去,不给他们找着事情做的机会,尽量想法去剥削他们,不使他们有点积蓄,有钱有势的人却利上生利,钱上找钱的发起财来,财越发得大,这样受苦的人越来得多,这样的人越来得多,使得大家都不安宁。母亲,你老人家已经要到六十了,你见的比我见的多,只要你老人家闭起眼睛想一想，我说的话该不会是假话吧。我因为见着他们这样的痛苦，我心里非常的难过，我想使他们个个都有饭吃，都有衣穿，都有房子住，都有事情做。我又想这些有钱有势的人不要长期的玩格，长期的把一切都占据着，而使得他们老是受痛苦。所以我现在就是在向这个方向去做。这样的事情是一件最大而又最复杂的事情，我要这样干，非得把全身的力量贯注着，非得把生命贡献。我既把我的力量和生命都交给这一件事情，我怎么能够有工夫回家来，忍心丢着这样重大的事情，看着一般人受痛苦，而自己来独享安逸呢？

母亲，你是很慈爱我的，就是家中的一切老少也很想念我的。因为太过于慈爱和太过于想念我，才会一再要我回家来，但是请你们把这爱我和关注我的精神换一个方向，去爱我上面所说的人。去关注他们，把他们也当作你们的亲儿子和兄弟一样。母亲，我真的是不忠不孝、忘恩负义吗？我是把我的孝移去孝顺大多数痛苦的人类，忠实的去为他们努力。同时我是社会豢养出来的一个分子，我受社会的恩惠也很多，所以我也不敢对她忘恩负义。我时常想以这样的态度对待家庭是不对的，但是一想到大多数的穷苦民众，他们人数是这样的多，他们痛苦是这样的大，我家庭中的人虽然也受有一点儿痛苦，哪能及得他们？况且母亲你老人家又爱做好事，我这样的做，不也就是体帖着你老人家的意思吗！母亲，要是你老人家明白我这个意思，我想你一定会设法来鼓励我，督促我，决不会再骂我不忠不孝，忘恩负义了吧。

我这样的做法，也不是我个人的意思，自然是有好多同伴，干起来倒很热闹，很快活。要是当这件事情得着一般穷苦的人们了解的时候，他们更是喜欢我们，亲近我们。我们这样的做法，自然有的人不满意我们，有些是不了解，有些是对于他的利益有关系，随时都在阻碍我们，反对我们，甚至于要杀害我们。但是我们一天天的人多起来，势力大起来，我们是要取得胜利的。反对我们的人是要遭我们消灭的。

当父母长者的人，应该使儿女幼小者努力于社会事业，为大多数劳苦民众谋利益，除痛苦，决不要死死的要尽瘁于家庭。革命之火快要延烧到全世界了，旧的污垢（为个人的）以及一切反革命的东西是要会被消灭的。不信，请你等着看一下。

母亲，儿一气写了这样多，中间自然免不了许多冲撞的话，但是我热情的希望你老人家和家中的老少们深深给我以原谅吧。

谨此敬祝

健康

合家安乐

二儿 农
三三一

冷少农（1900—1932），贵州瓮安人。1917年考入贵州法政专科学校，毕业后先后在民意日报社、贵州筹饷局工作。1925年进入黄埔军校政治部工作，并加入中国共产党。1930年，先后打入南京国民政府训练总监部、军政部任秘书。1932年潜伏身份暴露被捕,同年6月在雨花台英勇就义,时年32岁。

  这封信是冷少农于1930年3月31日写给自己母亲的。信中他回忆和感谢了母亲的养育之恩,也向母亲和家人倾诉了自己之所以成为家人眼中的一个"受恩最多而一点未酬的人",是因为他正在为着更多被压迫、被奴役的劳苦大众的幸福生活而奋斗。"我想使他们个个都有饭吃,都有衣穿,都有房子住,都有事情做。"在他的眼里和心中,为了这样一个神圣的理想和事业,即使"把全身的力量贯注着",甚至"把生命贡献",也在所不辞。信中披露了一个年轻的革命者坦诚和滚烫的赤子之心。

给妻子赵云霄的遗书

陈　觉

云霄我的爱妻:

　　这是我给你的最后的信了,我即日便要处死了,你已有身,不可因我死而过于悲伤。他日无论生男或生女,我的父母会来抚养他的。我的作品以及我的衣物,你可以选择一些给他留作纪念。

　　你也迟早不免于死,我已请求父亲把我俩合葬。以前我们都不相信有鬼,现在则惟愿有鬼。"在天愿为比翼鸟,在地愿为并蒂莲,夫妻恩爱永,世世缔良缘"。回忆我俩在苏联求学时,互相切磋,互相勉励,课余时闲谈琐事,共话桑麻,假期中或滑冰或避暑,或旅行或游历,形影相随。及去年返国后,你路过家门而不入，与我一路南下，共同工作。你在事业上学业上所给我的帮助，是比任何教师任何同志都要大的，尤其是前年我病，本已病入膏肓，自度必为异国之鬼，而幸得你的殷勤看护，日夜不离，始得转危为安。那时若死，可说是轻于鸿毛，如今之死，则重于泰山了。

　　前日父亲来看我时还在设法营救我们，其诚是可感的，但我们宁愿玉碎却不愿瓦全。父母为我费了多少苦心才使我们成人，尤其我那慈爱的母亲，我当年是瞒了他出国的。我的妹妹时常写信告诉我，母亲天天为了惦念她的远在异国的爱儿而流泪，我现在也懊悔此次在家乡工作时竟不曾去见他老人家一面，到如今已是死生永别了。前日父亲来时我还活着，而他日来时只能看到他的爱儿的尸体了。我想起了我死后父母的悲伤，我也不觉流泪了。云！谁无父母，谁无儿女，谁无情人，我们正是为了救助全中国人民的父母和妻儿，所以牺牲了自己的一切。我们虽然是死了，但我们的遗志自有未死的同志来完成。"大丈夫不成功便成仁"，死又何憾。此祝

健康　并问

王同志好

觉　手书
一九二八·一〇·一〇

　　陈觉（1907—1928），原名陈炳祥，湖南醴陵人。曾创建"社会问题研究社"，并主办《前进》周刊。1925年加入中国共产党。同年冬被派往莫斯科中山大学学习，与同学赵云霄结婚。1927年9月两人同时回国，先后在东北、中共湖南从事革命活动。1928年9月，中共湖南省委机关遭破坏，赵云霄被捕。10月初，因为叛徒出卖，正在常德一带从事地下斗争的陈觉也不幸被捕，与妻子同时被关在长沙陆军监狱。1928年10月14日，陈觉英勇就义，时年不满22岁。

　　这封信是1928年10月10日，陈觉就义前四日写给仍然被关在监狱中的妻子的诀别书。信中回忆了两人志同道合、相亲相爱和一起投入革命生涯的奋斗岁月，吐露了自己身为革命者，对国家、对父母亲忠孝难以两全的愧疚心理，也表达了对从事革命事业无怨无悔的决心："我们正是为了救助全中国人民的父母和妻儿，所以牺牲了自己的一切。我们虽然是死了，但我们的遗志自有未死的同志来完成。"

写这封信时，陈觉也知道，自己和妻子都必死无疑。果然，仅仅过了几个月，1929年3月，赵云霄也在长沙英勇就义，年仅23岁。

狱中给母亲与弟妹们的信

陈振先

亲爱的母亲与弟妹们：

我知道你们为了我的原故是洒下不少辛酸之泪滴了，但，这完全是多余，而且是不应该的了。"人生自古谁无死，留此丹心照汗青"。我觉得这当是我们的无上光荣与慰安。目前虽是黑暗重重，然这正是黎明前的象征，请你们安心地等待着吧：度过了这冷的严冬，春天一定就会来到人间了！

心妹的小宝宝可好？我很爱他哩！愿上帝祝福他，聪明的孩子！那么再见了！

我亲热地握紧了你们的手！

细哥

于道山路羁押所

陈振先（1922—1947），福建福清人。1936年加入中国共产党。他在福州市第一中学就读时，因为从事学生运动，受到反动当局追捕而被迫离开学校，参加了福清抗日游击队。解放战争时期，担任过中共闽中地委委员、游击队负责人。后被叛徒出卖，不幸被捕。1947年10月英勇就义，年仅25岁。

这封信是陈振先在狱中写在草纸上的，并通过一位被他争取过来的看守人员送交给他的母亲。信中引用了文天祥的名句"人生自古谁无死，留取丹心照汗青"，表明了自己追求光明和真理的决心。信末自称"细哥"，是陈振先在家中的小名。

给妻子裴韵文的信

杜永瘦

文妹：

这是最后的谈话了！我在写这封信的时候，我含着满眶的热泪，可是这宝贵的泪珠，我不愿意使他夺眶而出，因为我觉得流泪是一件极可耻的事，所以我始终是含笑着，文妹！请你用笑来答复我吧！

我的命运的决定，不是在今日的堂讯，而是在 X 时，我对于我自己命运的估量，亦早知有今日。我不是时常对你说过吗？这就是乐园，是我最后的归宿，光荣的死。我含笑，我更望你含笑。我快乐，我愿你比我更快乐！文妹，欢忻鼓舞的来欢送我吧！

你觉得太孤寂吗？人世上多的是革命的伴侣！

你悲苦吗？人世上多的是寡妇孤儿！时代的牺牲者多着呢！

你的前途应当是"干"！你的责任应当是"干"！你的命运更使你不得不"干"！干呵！只有干才是你的出路——人类的出路！勉之！

你的一切，我都相信得过，然而你的痴情，我觉得是你前途的障碍，快乐的恶魔！不要痴想着我吧！

母亲的爱我，恐怕比你还要利害吧！她孤苦一生，只剩我这个活宝贝，现在失掉了！是何等的伤感呵！你应当设法隐瞒她，混得一时是一时，这是你主要的责任。别的话不愿说而且不忍说，你自己去想吧！

我觉得我现在已是一个很清闲的人，身上千斤的担子，已经卸了！快乐呵！我的许多朋友，你应当告知他们我是怎样怎样的快乐，叫他们不要悲悼！

我万没有料到今天还能与你作最后的通信，这封书是如何的宝贵呀！然而我不愿意你保存这一点墨迹，使你烦恼终身，我愿你如看浮云般的一眼便过，文！听我的话呀！

几乎忘却了！还有我的小宝宝——我们爱的结

晶，可怜他未出娘胎先失掉了父亲，无父之儿，将来谁人关照！我的意见是弃掉了，以免你的拖累，你自己斟酌行事吧！不说了！

母亲！文妹！小宝宝！一切的朋友们！别了！明晨拍拍的枪声，是我们最后一刹那诀别的标志！听着吧！再见！

S

一九二八年三月二十七日

杜永瘦（1906—1928），原名杜永寿，化名张一夫，湖北荆门人。1925年加入中国共产党。"五卅"惨案后，进入黄埔军校第四期学习，后随军北伐，1927年到达武汉。大革命失败后，转入地下工作，任中共湖北省军委秘书、鄂西特派员等职。1928年因叛徒出卖被捕入狱，同年3月就义，年仅22岁。

这封信是1928年3月27日杜永瘦在就义前两

日写就的，后托人带出监狱交给他的妻子文妹，即裴韵文。1927年，裴韵文曾在中共湖北省委做秘密工作。杜永瘦就义前，妻子裴韵文正在医院待产。信末的署名"S"是"瘦"字的拼音首字母。信中表明了对自己所选择的道路和事业无怨无悔的信念，认为即使死了，也是"光荣的死"，"我含笑，我更望你含笑"。信中也对曾经与自己并肩战斗的妻子、对自己含辛茹苦的母亲，表达了依依不舍和感激之情。信中最后一句显示了一个革命者视死如归的浩气。

给母亲的信

李临光

母亲：

　　我的身体好了，谢谢你老人家对我的照顾。为了革命，我和婉贞又走了，我们知道这次走了后，家人将不知如何的牵挂，你的老泪将重新纵横，弟妹们的怀念将重新绵延，家人的寻觅又将重新开始了。我们离开家，并不是不要母亲，而是出于不得已，因为我们实在不能做家庭的奴隶，更不能做金钱的奴隶，我们怎能抛弃自己的意志去锱铢必较做那孳孳为利的事情呢？私心自测，人类解放不成，何以家为。我们这次出走后，将重新过我们革命者清苦的生活，这种生活虽然不十分安逸，但在精神上却十二万分的快乐。在革命队伍中,我们虽吃粗菜淡饭,但我们觉得这比家中的山珍海味好吃得多。我们离家后虽得不到你的爱抚,但可以得到千千万万工人们的爱抚与照顾。一切请你放心。

仲怀　婉贞留
二月三十日

李临光(1907—1930),原名谢仲怀,福建厦门人。1926年加入中国共产主义青年团,担任共青团上海沪南区委组织委员。1927年转为中国共产党党员,调任共青团江苏省委秘书,同年11月被捕入狱,后经党组织及其家庭营救出狱。1928年任共青团杭州市委副书记。1928年6月,李临光再次被捕,1930年8月英勇就义,时年23岁。

这封信写于1928年农历二月三十。当时,李临光第一次被捕获救后,回到家中养伤,他的母亲恳求他去南洋谋生，并已为他做好准备。就在预定动身的前一天夜里，他同妻子一起悄悄离开了家，回到党组织身边。这封信是李临光离开家时留给母亲的。信中说到的"婉贞"，即他的妻子蒋婉贞，当时为纱厂女工，共青团员。在信中，李临光向母亲表明了自己"人类解放不成，何以家为"的崇高心志，表明了革命者宁愿过着清苦的生活，也要为劳苦大众谋幸福而四处奔走的决心与信念："在革命队伍中，我们虽吃粗菜淡饭，但我们觉得这比家中的山珍海味好吃得多。我们离家后虽得不到你的爱抚，但可以得到千千万万工人们的爱抚与照顾。"同时也表达了对母爱、亲情无以回报的愧疚。

狱中给友人的信

李 卡

朋友：

当白色的恐怖正在蔓延着，死亡之魔在狂吼的时候，这不是一个凶信，而是一个喜兆，你接到应该为此而快乐，因为任何魔力明知是消灭不了我们，而自己的心正在发慌，又故意装出残酷的面子，干尽伤天害理的事。

我走了，以后再不会见我的笔迹，也许你为此而难过。

我们这一代就是施肥的一代，用自己的血灌溉快将实现的乐园，让后代享受人类应有的一切幸福，这就是我们一代的任务，是光荣不过的事业，死就是为了这，而生者亦是生的努力方向。几多英雄勇士为此而流血，抛出自己的头颅，我不过是大海中一滴水，平原的一株草，大海无干旱之日，烈火亦无烧尽野草之时。

我走了，太阳我带不走，你跟着它呀！永远地跟着它呀！

朋友，努力！天一亮，你就会看见太阳的微笑。

愿你

幸福愉快

卡　留笔
旧历闰七月初三

此信是留下托友寄给你，那你可一目了然，希即转告各友，以免悬念。

不必要时不要通知英，她是个富有感情的女郎，知道了就会影响工作。

在此我深深向你致敬礼。

并代谢各友之助。

又及

李卡（1922—1949），原名李均海，广东化州人。1947年加入中国共产党，曾担任曲南游击大队武工队队长。1949年1月在曲江县被国民党反动派逮捕，关在韶关芙蓉山监狱。1949年9月被敌人杀害于韶关机场，时年27岁。

　　这封信是李卡写在监狱中，由同狱战友的母亲秘密带出的。当时，他预感到敌人要下毒手了，便写下这封遗书。信中的"朋友"，指的是李卡的未婚妻徐云和曾与李卡一起奋战过的战友们。信中奔涌着一位年轻的革命战士的热血与激情，以及慷慨赴死、无怨无悔的坚定信仰和神圣的使命感。"用自己的血灌溉快将实现的乐园，让后代享受人类应有的一切幸福，这就是我们一代的任务，是光荣不过的事业，""几多英雄勇士为此而流血，抛出自己的头颅，我不过是大海中一滴水，平原的一株草，大海无干旱之日，烈火亦无烧尽野草之时。""我走了，太阳我带不走，你跟着它呀！永远地跟着它呀!""朋友,努力!天一亮,你就会看见太阳的微笑。"这些句子今天读来仍然令人激情燃烧、热血沸腾。

狱中给姐姐的信(节选)

汪裕先

我亲爱的姐姐:

　　流水般的时光,谁也挽不住它。浑浑噩噩地过着,居然又到了二十一年的新年了。在这过去的一年中,我是完全过的阶下囚的生活。简单说一句,机械的牢狱生活消磨了我这一年宝贵的青春罢了。

　　……

　　我们的父亲是在我们幼年就离开了俗世的。照理说呢,我就应该平平稳稳的过那世俗的平凡生活,使得母亲和其他的家里人欢喜,这是我的责任。……我起初也想埋身在世俗的生活中,使得家里人勿至于担惊受怕,可是这一个办法的实行,仅使我感到了梦想的空虚，要实现却是万不可能的。因此我终于走进革命的圈子，因此我终于跑进了牢狱的大门。然而，这有什么办法呢？在现社会中间同我同一命运的人，正不知多少呢！

……

母亲的一生是与劳苦二字接连着的，并且历次的伤心，使得母亲更见衰老了。然而，我这次的入狱，更重伤了老母的心。所以对于母亲，我希望姐姐特别的劝慰劝慰，使得老人勿要过分伤感才好啊！

祝

新春安乐并进步！

裕弟　上

元月五日

汪裕先（1908—1934），又名汪佐农，化名陈石卿，江苏南汇人（现属上海）。1926年加入中国共产

党,先后任中共南汇县周浦区委书记、南汇县委委员、川沙县委书记、淞浦特委委员等职。1930年4月受党派遣赴苏州工作,途中不幸被捕,押解到南京监狱。1934年5月在雨花台就义,年仅26岁。

这封信是汪裕先在南京监狱写给自己姐姐的。书信开头所说的"二十一年",是指民国二十一年,即1932年。信中披露了自己对走上革命的道路,因而进了牢狱大门的选择无怨无悔的心迹,并坚信"现社会中间同我同一命运的人,正不知多少呢"。信中也对未能报答母亲含辛茹苦的养育之恩,心存愧疚,希望姐姐多加劝慰和照料,显示了一位年轻革命者寸草春晖之心和手足亲情。

给父母亲的信

张露萍

慈祥的妈妈伯伯：

今天又是三月二七号了，搬着指头数一数，小儿离开你们的膝前已将五月了。在这短短的数月中，使我感到好似几年样的挂念你们。所以我每时刻都在为你们祈上天保你们的康健！

我的身体比在家时好多了，请你们勿念罢！因为我年纪很小，所以常常想家，尤其是晚上是常常不能安静的睡，总是梦着你们，念着你们！我亲爱的妈妈伯伯：在我接到你们要我乘机回四川时的信，我真是说不出的高兴。但当我打电报到西安找吴永照时，他已经不在那里了，儿为了怕到西安想不到办法——没有了钱，所以只有不能去，到现在还是留在延安。儿在这儿的生活很好，每天上课是忙极了，因此没有很多的时间写信来问候你们，望你们怒儿罢！

两个多月的时间是容易过极了，因此我还是希望妈妈伯伯不要念我，毕业后我马上回来看望你们的慈颜！

虽然陕北现在已经是前线了，但是我们同学两千多人中没有一个怕的。因为，大家都相信百战百胜的八路军。这儿是他们训练了多年的边区，也就是他们的根据地。这儿的老百姓不能男女老少都是有组织的，就是说都能打杖的。由于内战时的事实告诉我们，他们都是爱自由的人，不愿作奴隶。所以这次的抗战使他更兴奋，更努力，都愿意打日本。再加这儿地势的复杂、崎岖，使日本机械化的军队是没法的，飞机吗？更无用。我们住的都是山洞，他拿着简直没法。同时为了我们的环境恶劣，所以我们的学习更加强了。希望你们不要担心罢。中国人民的军队的八路军和边区亲爱的同胞们是会保护你们的孩子的！你们一定不要怕！两个月后你们依门接你们亲爱的小儿罢！

我亲爱的妈妈伯伯！时间不早了，我们还要开小组会。

还告诉你们个好消息：你们的孩子每天能背三十几斤重的包裹爬八十几里的山路了，你们高兴吗？

祝

您们的孩子英敬禀

阳历三月二七

张露萍（1921—1945），女，原名余家英，四川崇庆人。1938年奔赴延安，当年在延安加入中国共产党。1939年受党派遣，到重庆秘密打入国民党军统电台，从事情报工作。在中共南方局军事组的领导下，为党获取了大量机密情报。1940年不幸被捕。1945年7月在贵州息烽就义，年仅24岁。

这是张露萍1938年3月27日在延安抗日军政大学学习期间写给父母亲的一封家书。信末署名"英",为张露萍的原名"余家英"。信中向父母亲报告了自己在延安学习和生活的情景,尤其向父母亲表达了虽然身处抗战前线,但是民众"都相信百战百胜的八路军",对中国的抗战胜利充满信心和决心,字里行间流淌着一个女儿的柔情,也贯穿着一个女战士的豪情。

给哥哥的信

金方昌

一

哥哥：

你五月四日信才接到，诗和信都看到了。我现在正朝着你指示的方向迈进。学习在代县是太差了，因为第一没有材料，什么书都没有，联共党史只有下册没上册，哲学选辑……都没听说过，只是能看到几本文件，但也看得晚，也不是每期来，像《共产党人》我们只看到了第二期。

每月至少给你一封信的确需要。可是这里交通太困难，又没邮政，只要我有机会一定尽量的写，不管写多写少，就是一句话，如果有机会写信的话也一定写。青年人的确容易迷失方向，不过在晋察冀是比较要好一些，因为我们占绝对优势。一般青年都有他的组织，都是在我们的领导下，尤其我已经再不会受到人的骗。我能向哥哥这样的说，我已经是一个相当坚强的布尔什维克党的战士了。这里有坚强的组织，在领导着我们，不会绝对不会迷失方向，只要服从组织的话。

代县是边区最落后的县分，不，现在不一定了，因为大家的努力，现在不至于是顶落后的了。边区里的每一个角落里都热烈地开展着民主运动，代县县议员、区代表、区长都选过了。我亲自领导了两个区，我们都亲自尝到了新民主主义政治的味。谁说老百姓不懂得民主？谁说老百姓不能管国家大事？叫他来晋察冀看一看，这里的区代表、县议员不是老百姓选的吗？顽固家伙们再让他们顽固吧，恐怕再顽固就完了，在边区这些顽固分子，在这次伟大的民主斗争里都将被打得粉碎。

你们那里最近做些什么工作，我们开辟代县工作中得出了一个最大的经验：改善人民生活是发动基本群众抗日积极性的有利武器。还有很多话，再谈吧，因为带信的同志要走。

　　致

布礼

金方昌

24/8

二

永昌、默生胞兄：

　　我于二十九年十一月廿三号在大西庄村被敌捕。临捕时以手枪向敌射击，弹尽将枪埋藏后拼命北跑，敌有骑兵追上被捉。我高呼中华民族解放万岁，并向敌伪讲演。

　　我在敌人的牢狱里、法庭上、拷打中、利诱中始终没有半点屈服、惧怕。我在被捕后没有丝毫悲伤。我只有仇恨和斗争。我知道我是为了民族的解放、全人类的解放而牺牲。我在牢狱里向这些罪人工作着。我没有想过我再会活,也决不会活,我只有死。不过我在死前一分钟,都要为无产阶级工作。

我要求哥哥们:

一、能坚决为无产阶级革命奋斗到最后胜利的时候。这不仅是你们要有这种人生观,能为这种事业干,并且得把自己锻炼成像列宁、斯大林、毛泽东一样会运用马列主义到实际中去。这样才能使自己坚持到无产阶级革命成功的时候。这里边还有这样希望,就是希望你们能在快乐的幸福的共产主义社会里生活。最后希望到那时候你们还存在。

二、要求哥哥们能把咱们弟弟侄侄们都能培养成无产阶级的革命战士。尤其是把七弟(尔昌)能培养成坚强的革命伟大人物。

哥哥们永别了!祝你们健康,致最后敬礼!

你的弟弟写于敌人木牢
十二·二

❖ ❖ ❖

金方昌(1921—1940),山东聊城人,回族。中学时代参加过抗日救亡运动。1937年卢沟桥事变后,进入山西抗日民族大学学习。1938年加入中国共产党,任中共山西代县县委委员、宣传部副部长。后任中共代县城关区委书记。1940年11月,因叛徒告密,遭日伪逮捕。在狱中遭受了严刑拷打,却大义凛然、坚贞不屈。12月3日惨遭杀害,年仅19岁。

第一封信是1938年写给哥哥的。信中向哥哥报告了边区的抗战气氛以及自己在边区的生活和学习情景:"我已经是一个相当坚强的布尔什维克党的战士了。这里有坚强的组织,在领导着我们,不会绝对不会迷失方向……"一个革命者的自豪感溢于言表。

第二封信是1940年12月2日写给两位哥哥的遗书。金方昌被捕后,敌人惨无人道地打断了他的一条胳膊,还挖掉了他的一颗眼珠。他苏醒后,用手指蘸着自己的鲜血,在监狱墙上写下了"严刑利诱奈我何,领首流泪非丈夫"的诗句。金方昌在狱中写下这封遗书，第二天就英勇牺牲了。遗书由关在同一监牢的大西庄村长带出。信中表达了他面对敌人的严刑拷打永不屈服、视死如归的决心和勇气，并以自己能"为了民族的解放、全人类的解放而牺牲"，感到无上的荣光。在信中，他还鼓励哥哥们继承他的遗志，奋斗不息，直到最后胜利的到来，表现出一个年轻的革命者对抗战、对未来必胜的坚强信念。

金方昌牺牲后，晋察冀边区政府在1940年12月颁布命令，将金方昌生前战斗过的大西庄改名为"方昌村"。

给两位哥哥的遗书

钟志申

志炎、志刚二兄：

我的案子突然变得严重，可能无出狱希望，这并不可怕。当我入党之时，就抱定视死如归的意志。我认定，共产党一定会胜利，革命一定会成功。我牺牲生命，把一切贡献于革命，是为了寻找自由，为了全国人民求得解放。我知道我的牺牲，不会白牺牲，我的血不会白流。因为血债须用血来还。党会给我报仇，你们会给我报仇。要记住：共产党是杀不绝的啊！

你们接到这封信时，可能我已不在人世了。我死不足惜，但继母在堂，子女年幼，周氏不聪，全赖你们维持、抚育，安慰他们不要悲痛。桃三成人，可继我志，我无念。

民国十七年三月十日　志申笔

钟志申（1893—1928），湖南湘潭人。少年时与毛泽东一起在家乡私塾读书。1925年加入中国共产党。1927年1月，钟志申曾陪同毛泽东回韶山考察农民运动。后在湖南从事地下工作。1928年初，因叛徒告密而被捕，同年3月12日在长沙就义，时年35岁。

这封信是1928年3月10日，钟志申在就义前两天写给两个哥哥的遗书。钟志申就义后，亲属在收殓他的遗体时，从内衣中发现此信，上面浸满了鲜血。信中的"志炎、志刚"，即钟志申的大哥和二哥；"周氏"指钟志申的妻子；"桃三"是钟志申的儿子。此信虽短，却掷地有声，表明了自己"当我入党之时,就抱定视死如归的意志",以及"共产党是杀不绝的""共产党一定会胜利,革命一定会成功。我牺牲生命,把一切贡献于革命,是为了寻找自由,为了全国人民求得解放"的坚定信念和崇高理想。

就义前给儿子的遗书

赵一曼

宁儿!

母亲对于你没有能尽到教育的责任,实在是遗憾的事情。

母亲因为坚决地做了反满抗日的斗争,今天已经到了牺牲的前夕了。

母亲和你在生前是永久没有再见的机会了。希望你,宁儿啊!赶快成人,来安慰你地下的母亲!我最亲爱的孩子啊!母亲不用千言万语来教育你,就用实行来教育你。

在你长大成人之后,希望不要忘记你的母亲是为国而牺牲的!

一九三六年八月二日

你的母亲赵一曼于车中

❖ ❖ ❖

赵一曼（1905—1936），女，原名李坤泰，四川宜宾人。1926年加入中国共产党，在上海、南昌等地做党的秘密工作。1927年秋受党派遣去莫斯科中山大学学习。1928年冬回国。1931年九一八事变后，党派她到东北工作。1935年任中共铁北区委书记兼东北人民革命军第三军一师二团政委。同年11月在与日军作战中因腿部受伤不幸被捕。

日军为了从赵一曼口中获得有价值的情报，赶紧找了一名军医对她的腿伤做了简单的医治，然后连夜对她进行了严酷的审讯。可是，面对穷凶极恶的敌人，早已将个人生死置之度外的赵一曼，忍着剧烈的伤痛，大声怒斥着日本侵略者在中国所犯下的各种罪行。

凶残的日军见赵一曼不肯屈服，就用坚硬的马鞭狠抽她腿部的伤口。赵一曼痛得几次昏厥过去，但是醒来后，她咬着牙说出的几句话就是："……进行反满抗日运动并宣传其主义，就是我的目的，我的主义，我的信念。"

根据后来发现的敌伪档案记载，日本军警为了逼迫她供出抗联的机密和党的地下组织，对她施行的酷刑多达几十种，其中还包括了惨无人道的电刑。但是赵一曼始终坚贞不屈，没有吐露出半个字来。1936年8月2日英勇就义，年仅31岁。

这封遗书，是赵一曼在被押去珠河的火车上写的。在火车上，在生命的最后时刻，她惦记着自己远在四川老家的儿子。于是，就向押送的警察要来了纸笔，写下了这封遗书，表达了自己为了国家和民族的独立与自由，宁死不屈、视死如归的意志和决心。信中也满含着对儿子的愧疚、期望和祝福。

新中国成立后，朱德总司令为赵一曼题写了"革命英雄赵一曼烈士永垂不朽"的题词。哈尔滨人民为了纪念她，把东北烈士纪念馆（曾经的伪满警察厅）门前的街道命名为"一曼街"。

给襁褓里的女儿的遗书

赵云霄

启明我的小宝贝：

　　启明是我们在牢中生了你的时候为你起的名字，这个名字是很有意义的。因为有了你才四个月的时候，你的母亲便被湖南清乡督办署捕于陆军监狱署来了。当那时你的母亲本来立时死的罪，可是因为有了你的关系，被督办署检查了四五次，才检查出来是有了你！所以为你起了个名字叫启明（与你同样同生一个叫启蒙）。小宝宝！你是民国十八年正月初二日生的，但你的母亲在你才有一月有十几天的时候，便与你永别了。小宝宝！你是个不幸者，生来不知生父是什么样，更不知生母是如何人。小宝贝！你的母亲不能扶养你了，不能不把你交与你的祖父母来养你。你不必恨我，而恨当时的环境！

小宝贝！我很明白的告诉你，你的父母是个共产党员，且到俄国读过书（所以才处我们的死刑）。你的父亲是死于民国十七年阳历十月十四日，即古历九月初四日。你的母亲是死于民国十八年阳历三月廿六日，即古历二月十六日。小宝贝！你的父母，你是再不能看到，而也没有像片给你，你的母亲所给你的记念只有像片和衣物及一金戒指，你可作一生的唯一的记念品！

小宝宝！我不能扶育你长大，希望你长大时好好的读书，且要知道你的父母是怎样死的。我的启明，我的宝宝！当我死的时候你还在牢中。你是个不幸者，你是个世界上的不幸，更是无父母的可怜者。小明明！有你父亲在牢中给我的信及作品，你要好好的保存。小宝宝！你的母亲不能多说了。血泪而成。你的外祖母家在北方，河北省阜平县。你的母亲姓赵，你可记着。你的母亲是廿三岁上死的。小宝宝！望你好好长大成人，且好好读书，才不负你父母的期望。可怜的小宝贝,我的小宝宝!

你的母亲于长沙陆军监狱署泪涕

三月廿四号

赵云霄(1906—1929),女,河北阜平人。1925年夏加入中国共产党。同年冬,由党组织选送到莫斯科中山大学学习,后与同学陈觉结婚。1927年回国后,和陈觉一起在东北、湖南等地从事地下革命工作。1928年9月,湖南省委遭到破坏,赵云霄不幸被捕。一个月后,丈夫陈觉也因叛徒告密而被捕,两人同时被关在长沙陆军监狱。1928年10月14日,陈觉英勇就义,时年不满22岁。赵云霄当时已经怀有身孕,在产下宝宝一个月后,1929年3月也在长沙英勇就义,年仅23岁。

这封信是赵云霄写在丈夫陈觉被杀害后的第五个月,也是她本人就义的前两天。这时候,她的女儿启明出生才只有一个月十几天。不幸的是，这个出生在牢房里的孩子，四五岁时就夭折了。信中吐露了一个年轻的革命者与自己幼小的骨肉生离死别的痛彻之情，字里行间充满了一种依依不舍的母爱，也让后人感受到了这位年轻的革命者为了神圣的事业舍生取义的勇气。

给妻子张瑞君的信

赵万年

瑞君：

后天就是中秋节了。

中秋节是个团圆的日子，可是我们为了人民大众的解放事业离开已半年了。

我们在工作中、斗争中，我们都进步了，我们的革命事业也一天天地接近胜利，我们感谢我们共产党给予我的关切和培养。毛泽东同志英明的领导。

家庭是要的，但是做一个革命者的我们应该把眼光放远了看，弄好一个小家庭，幸福只有少数几个人享受。我们中华民国也是一个家庭，这个家庭是伟大的，他包括了四万万多人和广大的土地；可是这个家受尽了压迫和剥削,大多数人民在不幸痛苦中过日子,我们得把这个大家弄好,使得人人有工做,人人有饭吃,有衣穿,大家幸福快活。革命者应该把我们的爱给全人类,那些无衣无食的穷人。

中秋的晚上,月亮一定很圆,我俩趁此作一反省,检查我们的工作是否积极,对得起人民和党。

没新的东西送你,在这[1]就作为中秋节的礼物,拿这小小东西作为求进步的工具吧!

铎　中秋前二天

◆◆◆

赵万年(1919—1947),原名赵铎心,上海人。抗战时期,积极从事抗日救亡运动。1942年3月加入中国共产党。抗日战争胜利后,任中共淞沪工委浦东特派员,化名沈炳欣,在奉贤偷鸭楼以开小店作掩护,坚持地下斗争。1946年春,调任青浦地区特派员,改

---

[1] 此处5个字辨认不清。

名赵万年,用萧王庙小学教师身份作掩护。同年11月29日晚,突遭国民党军警包围被捕。1947年1月8日,被反动派杀害于朱家角,时年28岁。

  这封信是赵万年1945年中秋节前两天,写给妻子张瑞君的。信中表达了对妻子的思念和鼓励,也表达了自己在革命斗争中锻炼成长的感受和对未来必胜的信心。他鼓励妻子和他一道,坚定信心,继续为党、为大多数人民工作,并坚信这样的人生才是幸福、快乐和有意义的。为了安全起见,书信原稿最后有几个字故意模糊,因而无法辨认,只好用"□"代替。

给亲人们的信(节选)

夏明翰

一

……

你用慈母的心抚育了我的童年,你用优秀古典诗词开拓了我的心田。

爷爷骂我、关我,反动派又将我百般熬煎。亲爱的妈妈,你和他们从来就是格格不入的。你只教儿为民除害、为国锄奸。在我和弟弟妹妹投身革命的关键时刻,你给了我们精神上的关心、物质上的支持。

亲爱的妈妈,别难过,别呜咽,别让子规口血蒙了眼，别用泪水送儿别人间。儿女不见妈妈两鬓白，但相信你会看到我们举过的红旗飘扬在祖国的蓝天！

1928 年 3 月

二

亲爱的夫人钧：

同志们常说世上惟有家钧好，今日里才觉你是巾帼贤。我一生无愁无泪无私念，你切莫悲悲戚戚泪涟涟。张望眼，这人世，几家夫妻偕老有百年。抛头颅，洒热血，明翰早已视等闲。"各取所需"终有日，革命事业代代传。红珠留作相思念，赤云孤苦望成全。坚持革命继吾志，誓将真理传人寰！

1928 年 3 月

三

大姐为我坐监牢，外甥为我受株连，我们没有罪,我们要斗争,人该怎样做,路该怎样走,要有正确的答案。

我一生无遗憾,认定了共产主义这个为人类翻身解放造幸福的真理,就刀山敢上,火海敢闯,甘愿抛头颅,洒热血!

1928年3月

夏明翰(1900—1928),字桂根,湖南衡阳人。1921年冬天,经毛泽东、何叔衡介绍,夏明翰加入中国共产党。1927年4月12日,蒋介石在上海发动了反革命政变,大肆屠杀共产党人和革命群众。夏明翰得知消息,满腔义愤地写道:"越杀胆越大,杀绝也不怕。不斩蒋贼头,何以谢天下!"

1928年初,中共中央调夏明翰去湖北省委工作。这年3月18日,因为叛徒出卖,夏明翰在汉口东方旅社被捕。在狱中,夏明翰明白,敌人肯定是会对他下毒手的。从被捕的那一刻起,他就把个人的生死置之度外了,唯一遗憾的是,自己今后不能继续为党的革命事业工作了。他忍着满身伤口的剧痛,用半截铅笔给自己的母亲陈云凤、妻子郑家钧和姐姐夏明玮分别写了一封信。

在写给母亲的遗书里,他真切地表达了这样的意愿:"母亲,你用慈母的心抚育了我的童年……亲爱的妈妈,别难过,别呜咽,别让子规口血蒙了眼,别用泪水送儿别人间……相信你会看到我们举过的红旗飘扬在祖国的蓝天!"

在给妻子的信中,他说到了曾把一颗玉石红珠赠给妻子,作为爱情的信物。信中说到的"赤云",即他们幼小的女儿夏赤云。夏明翰就义后,妻子郑家钧继承了夏明翰"誓将真理传人寰"的遗志,继续为党从事秘密工作,并把赤云抚养长大。

在写给姐姐的信中,他再次表明了自己为了伟大的理想和信仰,刀山火海也在所不辞,甘愿抛头颅、洒热血的坚定决心和意志。

1928年3月20日,夏明翰高昂着不屈的头颅,蔑视着敌人,高唱着《国际歌》,走向了刑场。就义前,夏明翰要来纸笔,写下了那首正气凛然、响彻千秋的就义诗:"砍头不要紧,只要主义真。杀了夏明翰,还有后来人!"写罢,夏明翰把毛笔往地上一扔,大喝一声:"开枪吧!"夏明翰就义在武汉市汉口的余记里,年仅28岁。

给母亲的信

袁国平

亲爱的母亲：

　　一九二七年五月顷，反革命谋袭武汉，形势岌岌，革命志士，莫不愤恨填膺，舍身赴敌。

　　斯时，余在第十一军政治部服务，也奉命出发鄂西，抗御强寇，此行也愿拼热血头颅，战死沙场以博一快，他日儿若成仁取义，以此照为死别之纪念。

　　万一凯旋生还，异日与阿母重逢再睹此像，再谈此语，其快乐更当何如耶！

儿　醉涵

于武昌整装待发之际

1927 年 5 月 25 日

❖ ❖ ❖

袁国平（1906—1941），原名袁幻成，又名袁裕，字醉涵，湖南邵东人。1922年考入湖南省立第一师范学校，1924年加入中国社会主义青年团，1925年10月考入广州黄埔军校第四期政治科，1925年加入中国共产党。此后，先后参加了北伐战争、南昌起义、广州起义、五次反"围剿"斗争和红军长征。抗战爆发后，任中共陇东特委书记兼八路军驻陇办事处主任。1938年春任新四军政治部主任。1941年1月在皖南事变的突围战斗中牺牲。他举枪自尽，恪守了自己曾经立下的"如果有一百发子弹，要用九十九发射向敌人，最后一发留给自己，决不做俘虏"的誓言。

这封信是袁国平1927年5月25日写给母亲刘秀英的。此信虽短，但纸短情长，字字千钧，掷地有声。信中说到的"反革命谋袭武汉"，指的是反动军阀夏斗寅于1927年5月17日在宜昌发动叛乱，接着又攻袭武汉，最终被叶挺领导的国民革命军第十一军击败。当时，袁国平正在第十一军政治部工作，所以信中有"也奉命出发鄂西，抗御强寇，此行也愿拼热血头颅，战死沙场……"的语句。信中表达了自己甘愿为革命的成功拼洒热血、慷慨赴死、取义成仁的英雄气概。同时也不忘寄一张照片留给母亲，若是成仁取义，就是最后的纪念；若能凯旋生还，与母亲重逢，再看照片，就会更加觉得生命和亲情的宝贵。一位慷慨悲歌、青春似火的青年革命者的家国情怀，跃然纸上。

给妹妹的信(节选)

高文华

妹妹:

好久没有与你通信了,这并不是我不愿意,实在因为工作忙。

妹妹,你生在二十世纪,你知道吗?你生的时代是一个革命的时代,你知道吗?你生的时代是一个新旧过渡的时代,你知道吗?我们为什么要生活在世间呢?大自然也为什么要我们生活着呢?我们生活着的痛苦是些什么呢?我们怎样可以除了这些痛苦呢?我们的痛苦是否一个人可以除得了呢?想呀,要用十分的脑筋为这些问题去想。

妹妹,你应该看见现在中国的局势是怎样了,是在一个怎样严重的局面之下,你知道吗?你在这局面中应该处在什么地位,自己对这局面应该取怎样的态度。

……

现在外国洋鬼子又向我们穷苦的人民更进一步的进攻了,他们要利用新的压迫人民的工具新军伐——蒋介石——来向革命的战线进攻。

中国现在发生混乱,发生内战,这混乱的原因,内战的原因是什么呢?是侵略我们中国的外国人在里面指使的。他们为了要使中国成为他们的食料,因此他们就豢养走狗——军伐——在国内来扶殖他自己的势力,这些势力发展的不平均时,也因为各国的势力冲突时,因此各国在中国豢养的军伐也各为了他自己的主人而斗争起来,把中国就愈闹愈糟愈穷愈弱,外国人便愈容易侵略。因此要解决这痛苦,便要打倒帝国主义和军伐。

兄字　一九二七年四月二十九日

◆◆◆

高文华（1907—1931），化名程清，江苏无锡人。1924年冬入黄埔军校第三期学习，1925年加入中国共产党，1926年参加北伐战争，1927年担任共青团无锡县委书记。1928年3月不幸被捕，囚禁在位于南京的江苏第一监狱。1931年7月，因受长期折磨牺牲于狱中，时年24岁。

这封信是高文华烈士1927年4月29日写给妹妹的。信中对蒋介石等反动军阀与帝国主义者勾结，任意欺压中国劳苦大众的行径予以了痛斥和鞭挞，意在鼓励和唤醒自己的妹妹，以及像妹妹一样的新一代青年人，认清自己所处的时代和形势，正确处理好个人与时代的关系，找到自己的位置，勇敢地担当起救国救民的重任。字里行间充满了青年革命者正义的激情。

给哥哥的信

殷 夫

亲爱的哥哥：

你给我最后的一封信，我接到了，我平静地含着微笑的把它读了之后，我没有再用些多余的时间来想一想它的内容，我立刻把它揉了塞在袋里，关于这些态度，或许是出于你意料之外的吧？我从你这封信的口气中，我看见你写的时候是暴怒着，或许你在上火线时那末的紧张着，也说不定，每一个都表现出和拳头一般地有一种威吓的意味，从头至尾都暗示出：

"这是一封哀的美顿书！"

或许你预期着我在读时会有一种忏悔会扼住我吧？或许你想我读了立即会"觉悟"过来，而从新走进我久已鄙弃的路途上来吧？或许你希望我读了立刻会离开我目前的火线，而降到你们的那一方去，到你们的脚下去求乞吧？

可是这，你是失望了，我不但不会"觉悟"过来，不但不会有痛苦扼住我的心胸，不但不会投降到你们的阵营中来，却正正相反，我读了之后，觉到比读一篇滑稽小说还要轻松，觉到好像有一担不重不轻的担子也终于从我肩头移开了，觉到把我生命苦苦地束缚于旧世界的一条带儿，使我的理想与现实不能完全一致地溶化的压力，终于是断了，终于是消灭了！我还有什么不快乐呢？所以我微微地笑了，所以我闭了闭眼睛，向天嘘口痛快的气。好哟，我从一个阶级冲进另一个阶级的过程，是在这一刹那完成了：我仿佛能幻见我眼前，失去了最后的云幕，青绿色的原野，无垠地伸张着柔和的胸膛，远地的廊门，明耀地放着纯洁的光芒，呵，我将为他拥抱，我将为他拥抱，我要无辜地瞌睡于这和平的温风中了！哥哥，我真是无穷地快乐，无穷快乐呢！

不过，你这封信中说："X弟，你对于我已完全没有信用了。"这我觉得你真说得太迟了。难道我对于你没有信用,还只有在现在你才觉着吗?还是你一向念着兄弟的谊分,而没有勇敢地,或忍心地说出呢?假如是后者的对,那我不怪你,并且也相当地佩服你,因为这是你们的道德,这是你们的仁义;如果是前者的对,我一定要说你是"聪明一世,矇瞳一时了"。

为什么呢?你静静气,我得告诉你:我对你抽去了信用的梯子,并不是最近才开始,而是在很早,当我的身子,已从你们阶级的船埠离开一寸的时候,我就始欺骗你,利用你,或甚至卑弃你了;只可惜你一些都没有察觉而已!

在一九二七年春季!你记得吗?那时你真是显赫得很,C 总司令部的参谋处长,谁有你那末阔达呢?可是你却有一次给我利用了,这是你从来没有梦想过的吧?自然,这时我实在太小,太幼稚,这个利用,仍然是一种心底的企图,大部分都没有实现,尤其是因为胆怯和动摇,阻碍了我计划的布置,这至今想起来有些遗憾,因为如果我勇敢地"利用"你了,我或许在这时可以很细小的帮助一下我们的阶级事业呢!

"你这小孩子,快不要再胡闹,好好地读书吧!"你在 C 总司令部参谋处里,曾这样地对我说。

"这些,为什么你要那末说呢?我不是在信中给你说过了吗?"我回答。

"但是,"你低声地说:"我告诉你,将来时局一下变了,你是一定会吃苦的。"

"时局要变,你怎末知道呢?"

"我……怎末不知道?"

"那末,告诉我吧!"我颤抖了,那时我就在眼前描出一幅流血的惨图。

"你不要管,小孩子,我要警告你的是:不要再胡闹,你将来一定要悔恨……"

那时,一位著名的刽子手,姓杨的特务处长进来了:他那高身材,横肉和大眼眶,真仿佛是应着他的名字,真是好一副杀人的魔君相,我悸憟着,和后来在法庭中见他一眼时一样的悸憟。

你站起了说:

"回学校去吧?知道了吗?多用用脑子,多看看世界！"

我颤战着，动摇着走回去，一路上有两个情感交战着：我们的劫难是不可免的了，退后呢？前进呢？这老实说，真是不可赦免的罪恶，我旧的阶级根性，完全支配了我，把我整个的思维，感觉系统，都搅得像瀑下的溪流似的紊乱，纠缠，莫衷一是。

一直到三天后，我会见了 C 同志，他才搭救了我，他说：

"你应该立即再去，非把详情探出来不可！"

"是的。"我勇敢地答应了。

可是这天早晨再去见你，据说 C 总司令部全部都于前一夜九点钟离开上海了！我还有什么话呢，就在这巍峨的大厦前面，我狠命的拷我自己的头。

过了一夜，上海便布满了白色的迷雾，你的警告，变成事实来威吓我了。

到后来，你的预言，不仅威吓我，而已真的抓住我了：铁的环儿紧扣着我的手脚，手枪的圆口准对着我的胸口，把我从光明的世界迫进了黑暗的地狱。到这时候，在死的威吓之下，在答楚皮鞭的燃烧之下,我才觉悟了大半;我得前进,我得更往前进!

我在这种彻悟的境地中,死绝对不能使我战栗,我在皮鞭扭扼我皮肉的当儿,我心中才第一次开始倔强地骂人了:

"他妈妈的,打吧!"

我说第一次骂人,这意义你是懂得的,我从小就是羞怯的,从来没骂过人呢!

同时我说:"我还得活哟,我为什么应该乱丢我的生命,我不要做英雄,我的生命不是我自己可支配的。"所以我立刻掏出四元钱,收买了一个兵士,给我寄一封快信给你;这效力是非常的迅速,那个杀人不眨眼的人虎,终于也对我狠狠地狞视一会,无声地摆头示意叫他的狗儿们在我案卷上写着两字:

"开释。"

这是我第二次利用你哟。

出狱后,你把我软禁在你的脚下,你看我大概是够驯伏的了吧,但你却并没知道我在预备些什么功课呢?

当然,你对待我,确没有我对待你那样凶,因为你对我是兄弟，我对你是敌对的阶级。我站在个人的地位，我应该感谢你，佩服你，你是一个超等的"哥哥"。譬如你要离国的时候，你送我进 D 大学，用信，用话，都是鼓励我的，都是劝慰我的，我们的父亲早死了，你是的确做得和我父亲一般地周到的，你是和一片薄云似的柔软，那末熨贴，但是试想，我一站在阶级的立场上来说呢？你叫我预备做剥削阶级的工具，你叫我将来参加这个剥削机械的一部门，我不禁要愤怒，我不禁要反叛了！

　　D 大学的贵族生涯，我知道足以消灭我理想的前途，足成为我事业的威吓，我要以集团的属望来支配我自己的意志，所以我脱离了，所以我毅然决然的脱离了，也可说是我退一步对你们阶级的摆脱。

　　但我不是英雄，我要利用社会的剩余来为我们阶级维持我的生命，所以我一、再、三的欺骗你的钱，来养活我这为我企图消灭的社会所吞噬的生命。

　　我承认欺骗你，你千万别要以为我是忏悔了，不，我丝毫也想不到这讨厌的字眼！我觉得从你们欺骗来一些钱，那是和一颗柳絮给春风吹上云层一般地不值注意的。你们的钱是那儿来的?是不是从我们阶级的身上抽刮去的?你们的社会是建筑在什么花岗石、大理石上的?是不是建筑在我们阶级的血肉上的?虽然我明白,欺骗不是正当的方法,我们应该用的是斗争,是明明白白的向你们宣言,我们要夺回你们手中的一切!但是,即使是欺骗,只不过是一个不好的方法,绝不是罪恶!

我说了这一大篇,做什么呢?我不过想证明给你,你到现在才说对我失了信用,是已经迟到最最迟了。

最后,我要说正面的话了:

哥哥,这是我们告别的时候了,我和你相互间的系带已完全割断了,你是你,我是我,我们之间的任何妥协,任何调和,是万万不可能的了,你是忠实的,慈爱的,诚恳的,不差,但你却永远是属于你的阶级的,我在你看来,或许是狡诈的,奸险的,也不差,但并不是为了什么,只因为我和你是两个阶级的成员了。我们的阶级和你们的阶级已没协调、混和的可能,我和你也只有在兄弟地位上愈离愈远,在敌人地位上愈接愈近的了。

你说你关心我的前途,我谢谢你的好意,但这用不着你的关心,我自己已被我所隶属的集团决定了我的前途,这前途不是我个人的,而是我们全个阶级的,而且这前途也正和你们的前途正相反对,我们不会没落,不会沉沦到坟墓中去,我们有历史保障着;要握有全世界!

完了,我请你想到我时,常常不要当我还是以前那末羞怯、驯伏的孩子,而应该记住,我现在是列在全世界空前未有的大队伍中,以我的瘦臂搂挽着钢铁般的筋肉呢!我应该在你面前觉得骄傲的,也就是这个:我的兄弟已不是什么总司令,参谋长,而是多到无穷数的世界的创造者!

别了,再见在火线中吧,我的"哥哥"!你最后的弟弟在向你告别了,听!

一九三〇,三,十一晨。

❖❖❖

殷夫（1910—1931），原名徐祖华，浙江象山人。1927年加入中国共产党，因从事革命活动曾三次被捕。1929年秋，参加《列宁青年》杂志的编辑工作。后在上海参加左翼作家联盟，成为知名青年诗人。1931年1月第四次被捕，于2月7日在上海龙华监狱就义，年仅21岁。和殷夫同时被国民党反动派杀害的，还有柔石、胡也频、李求实、冯铿，这五位进步的左翼青年作家被后人称为"左联五烈士"。

殷夫是五位革命烈士中的一位诗人。他写过一首著名的诗歌，题目为《别了，哥哥》。殷夫的大哥名叫徐培根，当时在国民革命军总司令部任参谋处处长。1930年春天，殷夫收到大哥寄来的一封措辞强硬、威严的书信，责备殷夫一再欺骗他，当然最后仍然希望殷夫能"幡然悔悟"和"迷途知返"。这时殷夫的大哥已经成为国民党高级将领，兄弟两个已经完全站在不同的阶级立场上了。于是，殷夫写了这封公开信，以《写给一个哥哥的回信》为标题，刊登在当时的《拓荒者》杂志上,阐明了自己坚定不移的立场。信中写道:"……我和你相互间的系带已完全割断了,你是你,我是我,我们之间的任何妥协,任何调和,是万万不可能的了……只因为我和你是两个阶级的成员了。我们的阶级和你们的阶级已没协调、混和的可能,我和你也只有在兄弟地位上愈离愈远,在敌人地位上愈接愈近的了。"

这封信和殷夫的名诗《别了,哥哥》一脉相承,在感谢了大哥对自己多年的养育之恩的同时,也站在完全不同的信仰和立场上,向大哥做了彻底的、最后的告别,显示了殷夫作为一个为共产主义理想而奋斗的战士,向另一阶级阵营的哥哥宣告决裂的坚定决心。

给父亲的信(节选)

韩子重

父亲大人:

  为了走的问题,清晨大早,就使你老人家大大的生气,不安得很。同时,更为我指出一两条走的明显的、解决的更好的路。这,宜乎我不该提起什么来了。但是,我最后还要说几句话。这是我最后的一声呼叫,这时我要写这一封信。

  首先我要赤裸裸的说明我的走的问题的提起。这除了我向父亲已经说过了的为了学习,为了彻底锻炼身体而外,还得坦白的补充出,我的走,主要的,还有思想问题在。

  我们不会眼睁睁看不见事实。同时,我们也不会是超人，千千万万的血淋淋的故事，不会完全对我们没有一点感觉。

　　事实是这样，中国社会仅有的是盗、匪、兵、贼、贪污、横暴、梅毒、娼妓，堕落与腐化，荒淫与无耻；欺诈、虚伪、人剥削人、人吃人、极少数的资本、地主、统治者，对千千万万人的压榨、剥削、奴役、残害和屠杀。这些，使我不能不产生一种"较激"的思想。因为我是一个人，我也不是聋而且瞎的人。我看见了这些，我也听到了一些些。

　　……我要求一个合理的社会，所以我提起了走，我过不惯这样不生不死的生活。我知道，陕北最低限度呼吸是自由的。我知道得清清楚楚的，陕北的一切都不是反动的。

　　我的走，绝无异想天开的企求。我不想当官，想当官我就进中央军校。我不想侥幸有所成功，我知道天下事没有侥幸成功过的。……我要想侥幸成功，我就蹲在这儿，依赖父亲了。

　　西北，是一块开垦中的新地，我们该去那里努力。我们要在努力当中去寻求自己的理想。我知道，我们看见，新西北，是一个开垦中的乐园，自由的土地，这是与世界上六分之一地面的苏联是没有区别的。虽然物质条件不够，但已消灭了人剥削人、人欺侮人的现象了。

……

我为什么不该走呢？我需要学习，我需要知识，我需要一个战斗的环境，我要肃清自己的依附、侥幸的思想，我需要活的教育。我们看见过去真正够得上说是成功的人物，都不是在御用的教育中训练出来的。可不是！请看一看列林、史太林、高尔基、陈少禹这许多实例。

父亲要我读些踏实的东西，这我百分之百的接受。只是静静的坐下来去研究，这是环境所不允许的吧。在今天能够这样做的，那不是神仙，必然是和尚或者尼姑。……我不能够在死尸的身上漫谈王道，我也不能在火燃眉睫的时候还佯作镇静。这请父亲原谅我。

……同时，一个年青人恐怕也不该做一个反常的老年人吧，……生理学上告诉我们，少年"老成是病态。国家的青年变成了老年,是这个国家的危机。

……我要一个斗争生活,我要一个跋山涉水的环境来训练我的身体。……前线的流血,后方的荒淫,大多数的劳苦者的流汗,绝少数的剥削者的享乐,这样多的血淋淋的故事摆在面,叫我们还有什末闲心、超人的胸襟的静观世变呢?……

父亲,请你把你的孩子愉快的献给国家、民族、社会吧。父亲,你知道的,这样的对你孩子的爱护,才是真的爱护。这是给了我一个灵魂的解放。……
……

重儿谨上
五月四日

韩子重(1922—1949),四川长寿(今重庆市长寿区)人。1939年加入中国共产党。曾赴山西抗日军政大学第三分校学习,后任中共川康特委军事系统负责人。1948年在川康地区领导军运，准备武装起义。1949年1月在成都不幸被捕，囚禁在渣滓洞监狱。同年11月27日被杀害，年仅27岁。

这封信是1939年5月4日韩子重离开成都去山西抗日军政大学第三分校学习之前，写给自己父亲的。他的父亲韩任民，当时是国民党成都军管区副司令兼参谋长。韩子重在信中坦诚地表明了自己向往光明、追求真理，"要求一个合理的社会"的决心，认为只有共产党人所在的"西北"——陕北延安，才是"一块开垦中的新地"，一片"自由的土地"，青年人应该奔赴那里"去寻求自己的理想"。书信结尾，他告诉父亲，只有把自己的孩子愉快地"献给国家、民族、社会"，才是对孩子真正的爱护。

给弟弟、妹妹的信(节选)

潘 琰

一

先妹、琛弟：

……

　　在夏天最好早起，早上很凉爽，既可以读书，又可以写字，否则，那就太可惜了。"朝气勃勃"、"暮气沉沉"懂不懂？懂吧？他们把青年比做早晨，老年人比做黄昏。早上是最有希望而最良好的时间，黄昏过了就是黑夜，到了黑夜就像一个垂死的人，能做什么呢？因此，青年、幼年人非精神饱满、做事愉快而勤谨不可。不然，就是一个没有希望的家伙了。愈勤愈有力,愈懒愈昏庸,你们多多地警惕啊!

……你们暑假中的生活好吗?要想习作有秩序,自己就定个作息表好了。

……

再会

握手

姊　琰草七·九

二

亲爱的弟弟妹妹:

我现在以极愉快的心情给你们写这一封信……

琛弟什么时候进的中学,那真好极了。你写的信很好,只是别字多一点,多留心更好了,你现在对哪门功课有兴趣?哪一门功课比较有把握而在平时考的好一点呢?我仿佛觉得我喜欢运动似的,是不是这个样子?身体是重要的,我一直到现在还喜欢运动,下课无事就打鸡毛球,我不也就是欢不欢喜这个玩意,读书和玩的兴趣在我是平等的。晓得你说我对读书的兴趣也很浓厚的，我希望你们都如此。至于读书方面的问题，我可以给你谈谈。

读书要像细雨一样，一点一滴的浸入。这绝不是像今天读，明天不读，考试的时候开夜车，考过了就把书一丢，这样永远也得不到什么。

首先要养成读书的习惯，只要有闲暇，就要看书。这个我可以告诉你，我们这儿就是这样的。在早上等吃豆浆的时候，多少人随身都带了一点书或报纸、杂志，豆浆没有好，都低了头在看书。下了课，坐在草地晒太阳也在看书。……总之，只要有了空就看书。然而这绝不是有人督促或者为了考试。这看书都是出于自心的。虽然说是一分一秒的时间，这若干的一分一秒，聚集起来也实在可观了！

至于说到看什么书，我以为课内的书要看，课外的书也要看，报纸杂志也要看，不过看的时候要多想，不要莫名其妙的看过去就算了，最好做笔记。现在就试试看，待我们见面了再细谈。

……

在一年前就听说先妹不上学了，不过我对你的读书，在形式上说（不管在校或在家中自修）无多大意见，其实都一样，若以来去的劳苦一点来说，勿宁还好一点。然而在家中是一定有几个条件的。第一是恒心，第二要有耐性。让我好好的解释给你听。为什么要有恒心——人都是爱懒的，非要有个督促不可。在学校中，当然是不用说，各科有各科的先生，同时有月考、大考，你不能不用心。不想读，为了预备考试，为了得60分，也得皱着眉头看下去。可是在家中就不同了。看不看在你自己，没有先生来督促你，没有月考、大考来逼着你，一切都在你自己。如果没有恒心的话，那什么都完了。还有一点是自修时可能困难更多，有了困难无人请教，找不出解答，那更更苦恼了，所以非要耐性不可！

自修固然是不容易，若真的能安心下去，他可以得到的效果，确比在学校中的成效还大得多。在学校中第一不管你喜欢不喜欢的功课都要读，起码要读及格。至于自修就是单看你性情相近的那一科了。这在时间上是非常经济的。你用不到把时间用在你不高兴的东西上。我劝意帮助你，希望你能提出你的读书的问题来。

握手

问候惠妹

姊　琰草　10.28

潘琰（1915—1945），女，江苏徐州人。1939年加入中国共产党。1943年考入昆明西南联合大学。1945年11月25日，西南联合大学等四所大学召开时事晚会，遭到国民党反动派捣乱。第二天，潘琰与同学们走上街头向群众讲演，揭露了国民党反动派的罪行。12月1日，潘琰与学生们宣传回来，听说特务闯进了校门，便带头冲了出去，不幸中弹牺牲，时年30岁。

这是潘琰写给弟弟、妹妹的两封家书。第一封信写于1943年，信中告诉弟弟妹妹一定要加倍珍惜年轻时候的大好时光，不要辜负了像早晨一样珍贵的光阴。第二封信写于1945年,信中教给了弟弟妹妹一些良好的读书习惯和方法,鼓励弟弟、妹妹要勤奋努力,在学习上要有恒心和耐性。这两封信都很励志,让我们看到了战乱岁月的青年奋发向上、不坠青云之志的精神面貌。